集英社オレンジ文庫

宝石商リチャード氏の謎鑑定

紅宝石《ルビー》の女王と裏切りの海

辻村七子

本書は書き下ろしです。

CONTENTS

CHARACTER

中《なか》田《た》正《せい》義《ぎ》

東京都出身。大学卒業後、アルバイトをしていた縁で宝石商の見習いに。名の通り、まっすぐだが妙なところで迂闊な〝正義の味方〟。

リチャード・ラナシンハ・ドヴルピアン

日本人以上に流麗な日本語を操る英国人の敏腕宝石商。誰もが啞然とするレベルの性別を超えた絶世の美人。甘いものに目がない。

イラスト／雪広うたこ

宝石商リチャード氏の謎鑑定

紅宝石《ルビー》の女王と裏切りの海

パパラチア。

それが初めて、祖母の口から聞いた、英語ではない言葉だった。

不思議と彼女に馴染んでいるように感じられたことは、今考えれば錯覚《さっかく》ではなかったのだろう。配偶者なきあとも、森の隠れ家のような屋敷に身を置いていた彼女にとって、シンハラ語の響きは、温かなノスタルジーを呼び起こすものであったはずだ。

淡いピンク色に輝く宝石を、彼女はそう呼び、私が同じ言葉をおうむ返しすると、皺《しわ》だらけの顔を珍しくも和《やわ》らげた。孫であっても息子であっても、彼女にとって一律他人で、それ以上の存在ではないとわかりかけてきた時期だけに、嬉《うれ》しい驚きだった。

「お前は、発音がいいね」

それは多分本家の屋敷で世話になっている日本人のガバネスのおかげだと思う、と告げると、彼女は笑った。今度はいつもの、近寄りがたく皮肉っぽい表情で。

「日本人ね。美しい関係だが、友達になるなら注意することだ」

それは彼女が、遠くから来た人だから？　と尋《たず》ねると、祖母は軽蔑《けいべつ》的な目をして首を横に振った。いつも彼女が身につけていた、白い額飾りがしゃらしゃらと揺れて、何故《なぜ》だか無性に悲しくなったのを覚えている。

「いつか違うところへ行ってしまうからだよ」

違うところ、という言葉を、彼女は注意深く発音した。それはどういう意味なのかと尋ねると、彼女はたっぷりと時間をとってから、私に微笑《ほほえ》みかけた。まるで海底深くまで潜っては、輝く石をとってくる潜水士のように、今度は少しだけ悲しい顔で。初めて見る表情だった。

「美しさは悲しさなんだ。悲しくないものはちっとも美しくない。結局のところ、全てのものは、あるべきところへ還《かえ》ってゆくものだからね。わかるかい」

リチャード、と彼女は私の名前を呼んだ。

それは彼女の夫の名前でもある。彼女を南の島から連れ出し、寒さと階級社会に封じ込められた国へと導いた私の祖父だ。彼らが深く愛し合っていたのかどうか、私は知らない。私たちの家族のうち、彼女たちの真実を知るものは誰もいなかった。

だが彼女が私の名前を呼ぶ時、彼女の瞳に浮かぶ淡い幸福の色が、私は好きだった。

二十年以上の時が過ぎた今も、私はまだ、己《おのれ》の『あるべきところ』を見つけだせずにいる。

プロローグ

四月六日

こんにちは。初挑戦のブログです。とりあえず自己紹介から。

自分は二十代の男で、東アジア人で、三月からスリランカの地方都市で働いています。

このブログを始めた理由は、英語のライティング・スキルを身につけるためです。ビジネスメールは定型文を集めたウェブサイトを参照すれば何とかなるのですが、思っていることを英語で書いてみるのもよい経験になるとボスに言われました。というわけで挑戦です。実名ブログを書くのはちょっと怖いので、ハンドルネームを考えたかったのですが、まだ思いつきません。何がいいかな……。

文字だけだと寂しいので、俺が滞在している家の庭の写真を添付します。マンゴー、パパイヤ、ヤシの木などなど、果実の木でいっぱいですが、あたりの家を見回しても、大体こんな感じです。一言でいうと『楽園』という雰囲気です。

でも、だいたい俺一人なので、時々もったいない気分になります。

ともかく続けようと思います。頑張るぞ。

四月十日
ワタラッパン！
忘れてしまうと困るので、メモがわりに書いておきます。
ワタラッパン！　とても大事な言葉を覚えた。

四月十三日
思いのほか読んでくれる人がいて驚きました。ありがとうございます。

名前をワタラッパンにしたら？　というコメントをくださった方、ありがとうございました。コメントなんてつくんだなあ。でも「ヘイ、ワタラッパンさん！」と呼ばれている自分を想像すると笑いころげてしまいそうなので、やめておきます。ちなみにワタラッパンは、挨拶《あいさつ》や地名ではなく、食べ物の名前です。

というわけで、このブログでの俺の名前を決めました。

イギーです。

改めまして、スリランカのイギーです。よろしくお願いします。

ネーミングに深い意味はなく、そもそもスリランカ同様、俺の国では名前を書く時にローマ字は使わないのですが、他候補の『ジャスティン』や『ユリアス』よりは、もう一つの名前として、自分に馴染みそうだなと思ったからです。

せっかくなのでスリランカの話をします。

国の名前だけで何となくイメージのわく人って、どのくらいいるのかなあ。ちなみに母国にいる間に「実はスリランカに行くんだけど」と友達に話した時は、八割以上の返事は「どこ?」でした。

スリランカはインドに近い島国で、人口は二千万人くらい。地図帳を開くと、インド半島のむかって右側に浮かんでいます。ちなみにむかって左側は、リゾートで有名なモルディブ諸島です。

特産品は紅茶と宝石で、公用語は英語、シンハラ語、タミル語の三つ。国民の七割ほどが仏教徒だそうですが、他にもヒンドゥー教徒、ムスリムなどが存在していて、町を歩くとカラフルなヒンドゥー寺院と金の仏像とキリスト教の聖人の像なんかがぽんぽん並んでいて驚きます。いろいろな宗教の文化が、ぱっと見た感じ、あまり混じり合わずに共存しているように感じます。マーブルケーキみたいですね。雑種の野犬があちこちにいます。

季節は二つしかなくて、夏と、もっと暑い夏。でも島の内陸部には、茶畑が広がる山間《やまあい》の地域もあるそうで、そこはとても涼しく、避暑によいそうです。雨季もあり、そろそろ多雨のシーズンが近づいているのですが、今年は晴れが多く、過ごしやすい日々が続いています。

三月にこの国にやってきた時、一番びっくりしたのは、コロンボ（国際空港に近い大都市で、昔の首都です）にある『ロータス・タワー』でした。なんと空にそびえる巨大な蓮《はす》の花のつぼみです！　まだ工事中で登れないのが残念ですが、塔の色はエメラルドグリーン、花びらの色はパーフェクトなピンキッシュ・オレンジです。ちなみに蓮は、俺の一番好きな花です。

あれを見た時、何となく、この国でもやっていけるかなという気持ちになりました。

全然土地勘のない場所で、親戚も友達もいないのですが、ともかく俺はそういう国で働いています。複雑な事情で家出！　とかそういうわけではなくて、家族も賛成してくれてのことです。

職務内容は、ざっくり言うと、うーん、宝石商です。この『うーん』は、『まだ見習いで、とても上司やボスのレベルには及ばないのに、そんな肩書きを名乗っていいのか』というためらいのようなものです。

今はいいところ、『宝石商見習い』だと思います。

サファイアやトルマリンの名産地のスリランカでは、わりあい一般的な仕事なのですが、全然馴染みがない職種だよという人が大半だと思うので、どういう仕事なのか、どういうところが楽しいのかなど、見習いの俺が成長するのと一緒に、追々ここで書いていければと思っています。でも今日はここまで。

以上、スリランカからイギーがお伝えしました。それにしても、ハンドルネームって、何だか死ぬほど恥ずかしいですね。頑張って慣れよう。

「……っあぁー。目が疲れた」

パソコンの画面から目を逸《そ》らして、俺は回転椅子から立ち上がった。

それにしても、どうしてまたブログなんか始めてしまったんだろうと、三記事目にして俺は後悔し始めた。こういうのはもっとキラキラした生活を送っている人や、自分の個人情報をいろいろな人と共有したい人がやるべきことで、田舎町《いなかまち》でひたすら石を眺めては、ひよこの鑑別みたいにこれはサファイア、これはトルマリン、これはアクアマリン、なんて仕分け作業をしている人間がやるべきことではないはずだ。英作文技能の向上には、確かに役に立つと思うけれど。日常会話では使わない単語をたくさん使った。

三階建ての家に一人で暮らす生活にもまだ慣れない。リビングの天井は吹き抜けになっていて、二階、三階は個室の居住スペース、リビングダイニングや書斎などの生活スペースは一階に集中している。今のところ二階までしか使っていない。小さなホテルというより、二世帯住宅のような雰囲気の夏の家だ。

壁にブッダのシールの貼られた書斎から、クリーム色のソファ三つとローテーブルの置かれたリビングを抜けて、俺は緑の庭に踏み出した。午後の日差しがさんさんと差し込んでくる。パパイヤの木からは緑色の果実が垂れ下がっているが、あれはまだ食べられない。食べられるようになったらもっといい匂いがすると、この家の主《あるじ》が教えてくれた。チョコレート色の肌のスリランカ紳士である。

緑豊かな庭の中に、籐《とう》編みの寝椅子を持っていって、俺は倒れるように寝転んだ。目を閉じる。日差しでまぶたが温かくなってきて気持ちがいい。遠くで鳥が鳴いているが、耳馴染みのない鳴き声だ。軽く息を吸って、吐く。ため息だ。

お前は一体誰なんだと、自分で自分に問いかけたくなるひと時だった。

俺の名前は中田正義《なかたせいぎ》。この五月で二十三歳になる、生粋の日本人である。

ハンドルネームを『イギー』にしたのは、下の名前が『正義』だからだ。音をもらって、少し呼びやすくしただけである。最初は名前の語意をたよりに、『ジャスティン』ほか正義にまつわる本当の名前をつけようかと思っていたが、どうしても照れてしまったし、何故《なぜ》シンハラ語でもタミル語でもなく英語の名前にするのだろうと無駄に考えてしまって、選ぶことができなかった。どこの国の言葉を選ぶにしても、名前は名前だ。それだけの理由がなければ、これという言葉を選ぶのは気が引ける。その点、音は音だ。響きはちょっと英語っぽいけれど。

そもそも何故俺がスリランカにいるのか。話の始まりは去年の四月までさかのぼらなければならない。大学四年の四月。国家総合職と呼ばれる公務員試験の一次試験の日程だ。俺は総合職の公務員、いわゆる官僚を目指していた。志望動機は単純で、地位や収入が安定しているからである。試験範囲と受験人数の膨大さは凄《すさ》まじいものがあり、記念受験者なんて人まで存在する試験だ。だが信じられないことに、俺は受かってしまった。一次合格。絶対何かの間違いだと思った。何しろ俺の大学生活は、三年の夏あたりからかなり激動で、面倒なストーカーを逃れて転居しつつ就活をし卒論を仕上げるという、パン食い競走をしながら障害走をするような超イレギュラーコースだったのだ。とはいえ、もしかしたらこれが自分の一生で一番大変なシーズンなのかもしれないし、だとしたらこれを乗り越えればあとは何でも乗りきれるはずだと、頑張っていた自分のことも覚えている。もちろん家族や友人やバイト先の上司など、困った状況に陥《おちい》った俺を、真摯《しんし》に支えてくれる人たちがたくさんいたからこそできたことだ。彼らが俺を信じてくれているのなら、やってやろう、いいところ見せてやろうじゃないかと、勉強に集中するのは贅沢《ぜいたく》な体験だった。

だが心のどこかでは、本当に受かるとは思っていなかったのだ。

そして五月の終わりに、俺は二次面接に挑んだ。

今度は落ちた。あっけなく落ちた。

頑張ったんだけどそうそううまくいくことばかりじゃないなと、おつかれ会の資生堂《しせいどう》パーラーで、バイト先の上司にかなり一方的な話をしていると。

彼は俺に提案をした。

海外でのインターンに興味はないかと。

たとえば、彼の勤務する宝石店の本拠地がある、スリランカのような場所で。

彼は俺が大学二年の頃からアルバイトをしていた、銀座《ぎんざ》の宝石店の店主だった。宝石のほの字も知らない――というとばあちゃんのパパラチアに申し訳ない気分になるが、それ以外のことは本当に何も知らなかったのだから、九割がた真実だ――一般的な男子大学生だった俺の人生を、いろいろな意味で変えてくれた恩人で、圧倒的な美貌《びぼう》の持ち主である。

知り合ってからそろそろ三年だが、未《いま》だに傍《そば》にいると功徳《くどく》がありそうな気がする。

淡いブルーの瞳に細い金色の髪、あの人はどんな美容クリーム使ってるのかなとすれ違った女性が早口に呟《つぶや》くミルク色の肌に、容姿を凌駕《りょうが》する圧倒的な知性の持ち主は、いちごのパフェをぱくぱく食べながら、あくまでも静かに言葉を続けた。

給料の支払いは円建て、海外での俺の生活費は会社持ち、期間は俺に任せるが年単位の時間を想定、公務員試験の受験には年齢制限があるので、インターン中でも受験に戻りたければいつでも戻っていい。業務内容は主に運転手と、宝石の目利きの修練。国際運転免許証必須。他の資格は応相談。

考えうる限りの高条件もいいところだった。というかこれはもう、条件とか採用とかいうレベルではない。ただの寛大なオファーだ。雇用と呼ぶには不自然なレベルである。

そこまで気を使ってもらう必要は全くない、今までのストーカー対策でも相当便宜《べんぎ》をはかってもらったのだから、ここからは俺が自分の力でどうにかできると、俺はいちごのパフェをやっつけて壺《つぼ》焼きチーズケーキに取りかかり始めた上司氏に言い張った。チョコレートソースをかけて食べる、とびっきり甘い品である。まじめくさった顔でスプーンを動かしながら、上司氏は左様でございますかと頷いたものの、しかし、と言葉を続けた。

別段私は、あなたに寛大なオファーをしているつもりなどないと。

何故なら宝石商の世界は、俺が銀座で垣間見たものより、もっと過酷な世界だからと。

銀座の店は宝石の流通における最終到着点の一つだとも彼は言った。スリランカは石の産出地であり、彼の雇用主のシャウルさんはスリランカ人だ。そこでとれた『石』が、どうやって人の手に渡り研磨され、ディーラーの手に渡りジュエリー会社に買い取られ、しかるべき装具をつけられて店に並び、お客さまの手に『宝石』として渡るのか、その過程には膨大なプロセスが存在するとも。チーズケーキを食べる手はあくまで素早く、優雅で、気がついた時には彼は季節のケーキとお茶のおかわりをオーダーしていた。あいつの胃袋は別の宇宙に繋《つな》がっているんじゃないかと時々本気で思う。

楽しいばかりの南国のステイを想像しているのなら、それは全くの誤りだと、彼は銀のナイフのような声で告げた。来年の堅実な公務員試験合格を目指すのであれば、受け入れることは絶対にお勧めしないとも。

だが、一年か二年くらいはフルに勉強に費やすつもりで、異郷の暮らしを受け入れる気持ちがあるのなら、この経験は俺の人生の中で輝きを放つ、宝石のような財産になるだろうと、彼はそう言いきった。

バイトだった人間が言うのもなんだが、俺の上司氏はお客さまに宝石を買いたい気分を催《もよお》させる天才である。この人がそう言ってくれているのならそうなのかもしれないと、俺のような単純な思考回路の持ち主ならずとも思わせる、優しい丸め込み術のエキスパートなのである。どこまでも真摯に相手の気持ちに寄り添ってくれるからだ。詐欺師《さぎし》に天職を見出さなくて本当によかった。俺は目の前の相手が困惑するほどの速度で、じゃあそうしようかな、よろしくと笑って宣言し、考えなしめと罵《ののし》られ、食べてからもう一度考えろと追加のケーキを注文させられた。多分あれは自分だけ四つ目のデザートを頼むのが恥ずかしかったからだろう。もちろん季節のケーキを食べたあとも、俺の考えは変わらなかった。

思えばあれから、半年と少しは、準備の期間があったことになる。

いろいろ備えてはいたと思う。オンラインでビザの取得。車を運転するために必要な書類の準備。食文化に親しみたくてスリランカ料理店を探して訪れてみたり、スリランカの映画を探してみたり。都心なら問題なく英語が通じる国とはいえ、シンハラ語の挨拶も覚えた。『こんにちは』と『さようなら』はアーユーボーワン。『ありがとう』はストゥーティ。『おいしい』はラサイ。卒業までの時間は飛ぶように過ぎていって、俺が何をしているのか知ると、ゼミの面々は理解できないという顔をしたが、何人かは腹を抱えて笑ってくれて、中田らしくていいねと言ってくれた。ありがたい。

現地にやってきた今も、なんとかやっていると思う。週頭、シャウルさんがやってきて、彼が仕入れた宝石をずらりとテーブルに広げてくれる様は壮観だ。石という石が小さな小分け袋の中で大人しくしている。小粒のサファイアがビーズのように大量におさまっている様子は、まるで宝石の海のようだった。英語と日本語のテキストを数冊見せられたあとは、ひたすら石を見まくるという原始的なレクチャーが始まり、その時その時にシャウルさんが手に入れた『いい石』を見定め、よく似た他の石が手元にあれば、鑑別できるよう違いを叩きこまれる。この家はシャウルさんのキャンディでの拠点にあたるらしく、彼の石がこの家で足を休めている間、俺は金庫の中の宝石を守りながら、石たちと親父を深めるというわけだ。シンハラ語に関しては、シャウルさんはそれほど熱心な先生ではないので、コロンボの書店で手に入れた英語のテキストで自習している程度である。

そして週に六日は自習時間になる。豪快な暇である。

でもそれはまだ俺がここにやってきて一カ月の状態で、シャウルさんも飛び込みの仕事で何かと忙しく、今一つ何をさせていいのか決めきれていない感じがあればこそで、来月からはどっと忙しくなると言われているのだが。

よく言えば勉強のための余暇があり、ありていに言えば暇すぎて飼い殺し状態である。英語のライティング・スキルの件は以前からの課題だったので、ブログなんか始めてみる始末だが、それでも時間はありあまる。

話をする相手もいない。シャウルさんの雇うシンハラ人のハウスキーパー、ほどほどに英語を話す中年女性のクマーラさんは、週二で来てくれて、掃除や食料品の補充をしてくれるし、時々は料理もしてくれるが、彼女は友達ではなく被雇用者だ。

道行く人と会話をするくらいのことはできる。でも、言葉が通じることと心が通じることは、全く別のことなのだと、俺は異郷に放り込まれて初めて肌身で理解した。

俺には彼らの生活がわからない。

俺と会話し、笑い交わして別れたあとに、彼らが何をしているのか想像できない。

「エトランジェだ。現在進行形でエトランジェだ……」

この経験が俺の人生の中で輝きを放つ、宝石のような財産になるのだろうか。なると思う。既《すで》に確信がある。誰しもがこんなことを体験できるわけではない。そもそもインターンというからにはある程度は労働力も期待されているはずなのに、宝石の勉強ばかりさせてもらえる贅沢さにも痛み入る。

でもできることなら、俺も役に立ちたい。

異邦からのお客さんではなく、俺を大事にしてくれている人たちの力になれる形で、何かがしたい。いやそのために今宝石を見る目を磨いているんだろうと、内なる心が囁《ささや》きかけ励《はげ》ましてくれるが、いつになったら商売の役に立てるレベルの見る目が培《つちか》われるのか、そもそもこれで本当に見る目が培われているのか、現状ではなかなか理解できず、それがやたらと気を滅入らせる。シャウルさんに電話すべき状況だ。わかってはいるのだが、美しい庭のある一戸建てに住まわせてもらっていきなり弱音を吐くなんて申し訳ないやら情けないやらで、変なプライドが邪魔をする。

ならもう一人の相手に相談するのはどうかと、俺の心の声が囁く。

もう一人。確かに俺には頼るべき相手がいる。何かあったら連絡しろ、躊躇《ため》いなしに連絡しろ、いいから連絡しろと、別れ際に壊れた自動販売機のように繰り返してくれた相手が。

彼は今も銀座にいるはずだ。

日本とスリランカの時差は三時間半である。グリニッジ標準時を基準にして考えると、東の果てにある日本は、地球最速の朝を先取りする国の一つだ。スリランカは午後の一時。今の日本は午後の四時半だ。あいつは接客中だろうか？　それとも店の掃除をしている頃合いだろうか。一瞬日本に戻って掃除を手伝えたら泣くかもしれない。我ながら勘弁してほしい。

電話をかければ、少しくらい話をする時間があるだろうか。

一言二言声が聴けたら、元気がわいてきそうな気がする。いやしかし、よくない傾向だ。人の話、特に悩みごとを聞き出す天才にこんな状況で連絡をつけたら、一時間やそこらの通話では終わらないかもしれない。営業妨害だ。遠からず長い電話をすることになりそうなのはわかっているし、もう少し文章が上達したら、実はブログを開設したんだという報告もしたいが、それは今ではない。今はもう少し、自分が抱えている鬱屈《うっくつ》を、不定形のぶよぶよから定型の羊羹《ようかん》みたいなものに替えてやるべき時期だろう。

今の俺の悩み。考えるまでもない。

「俺、今……本当に誰かの役に立ってるのか……？」

これに尽きる。

スリランカでインターン。すごい、やってみたい、と思ったことは嘘《うそ》じゃない。他にもいろいろ打算はあったが、頑張ってみようという炎はまだ胸で燃えている。だがその置き場がなくて、持て余した炎が俺の心をちりちり炙《あぶ》っているのだ。

今、自分が、世界のどこで何をしているのか、冷静に考えようとすればするほど、現実感がなくなってきて困惑する。今までこういう経験をしたことがあったかなと、小学校時代の転校や高校進学、大学の一人暮らし開始時などの記憶を手探りしてみるが、ここまで大規模な環境の変化はなかった。当然だ。言葉は通じたし、周りにいる人はみんな日本人で、知らない駅でうっかり電車を降りてしまったとしても、英語シンハラ語タミル語の三か国語表記の駅名を探す必要もない。

民間企業に就職して、シンガポールで研修を受けるくらいのことだったら、難なく受け止められたと思う。そういう時には、自分以外にも周囲に日本人がいるだろうし、ここで何をすれば何年後にどうなっているという、自分の将来のキャリアを重ね合わせられる『ロールモデル』の先輩もいるはずだ。こういう単語は就活で嫌というほど覚えてしまった。

ここには、そういうものが何もない。

もっと言うなら多分、宝石商という仕事には、これという定型がないのだ。それはわかっていた。わかっていたつもりだったのだが。

いざ時間を持て余すと、光を当てられた影絵のように、悩みは大きく膨れ上がる。

ホームシックではない。あれは家に帰りたいと感じる気持ちのことで、今の俺が感じているめまいのような感覚は、それとは全く別のものだ。

俺は一体何をしているんだろう、と思ってしまう。

俺は何がしたいんだろう。何のためにここにいるんだろう。

わかっている。宝石商の見習いをしながら、公務員試験の勉強をするためにここにいる。

でもゴールが遠すぎて、二年後に自分がどうなっているのか、全く想像できない。もっと準備してくれればよかったと思っても、あとの祭りというやつである。この無為な焦燥感をどうにかしたい。

そろそろ日差しがあたたかいを通り越して暑くなってきた。冷たい水でも飲もうと思い、リビングを抜けて台所に向かう途中、俺はパソコンのディスプレイの端が、ちかちかと点滅していることに気づいた。

目を離していた間にメールが届いたらしい。誰だろう、シャウルさんだろうか。

メーラーを確認すると、差出人は見たことのないアドレスだった。末尾がｕｋになっている。日本のメールアドレスだと.ｊｐになる部分だ。ユナイテッド・キングダムの意である。イギリスのドメインから？

登録されていないアドレスだったが、アカウントに『ジェフリー』という名前が入っている。ちょっと笑ってしまった。馴染みのある名前だ。俺の上司氏に言わせれば『不倶戴天《ふぐたいてん》の敵』こと、彼の面倒見のよい従兄《いとこ》さんである。陽気なお兄ちゃんキャラで、アメリカの投資会社で働いている富豪でもある。よくぞ俺の新しいアドレスをお見つけになられたものでと思ったあと、ふと気づいた。

不思議な件名だ。

英単語、二つである。

ヘルプ・リチャード――『リチャードを助けて』？

どういうことだ。

メールを開くと、中身はもっと謎だった。

送付されてきたのは単純な文章のみのメールではなく、カラーのチラシがそのままメールになっているような代物だった。トップに豪華な金色の飾り文字。社名か何かだと思うがよくわからない。そのすぐ下からは、表計算ソフトでつくったような四角い枠の中に、タイムスケジュールが書き込まれていた。もちろん全て英語だ。

一日目、フォートローダーデール出発。乗船開始時刻、受付終了時刻。

二日目、パーティ有、ドレスコードは欄外。

三日目、シャーロット・アマリー着、十三時。

日程表は六日目まであった。フォートローダーデールもシャーロット・アマリーも地名のようだ。調べてみるとフォートローダーデールはフロリダ州にあるらしい。アメリカ合衆国だ。一日目にそこを出発、二日目は終日クルージング、三日目の夕方にシャーロット・アマリー、ナッソー、六日目に再びフォートローダーデール。出発地点だ。

さらに下へとスクロールしてゆくと、地図が添付されていた。

海の図だった。

ピンク色の線が、フロリダ半島から大西洋に伸びて、ぐるっと細長いラグビーボール型を描いている。カリブ海に近く、スリランカに負けず劣らず年がら年中暑いところだ。伊《だ》達《て》に公務員試験の教養問題を解きまくっていない。鮫《さめ》とか熱帯魚とか椰子《やし》の実のジュースなんかが似合うところで、ラム酒がおいしくて、俺には全く縁がない。

どうやらこれは船旅のしおりのようだった。カリブ海六日間の旅だ。

しおりの右上には、旅をする名義人の名前が入っている。

ミスター・リチャード・クレアモント。

正直なところ、まだ俺はこの名前に馴染みがない。ビジネス・ネームのようなリチャード・ラナシンハ・ドヴルピアンのほうが通りがいい。もちろん本名は『クレアモント』のほうだし、どちらのほうが発音しやすく覚えやすいかと問われれば比べるべくもないのだが、俺が一番最初に教えてもらったあいつの名前だ。何より宝石商としてのあいつをよく表している名前だと思うから。

生きた宝石。

美という概念の化身。

それを凌駕して余りある知性と優しさの持ち主。

一日中褒《ほ》め称《たた》えても足りない、これでもかという美のパッケージそのもののような男、リチャード氏こそが、他ならぬ俺の『上司氏』だ。銀座七丁目のジュエリー・エトランジェの主にして、日本語堪能《たんのう》な金髪碧眼《へきがん》のイギリス人。オーナーであるシャウルさんには頭が上がらない、と本人は謙遜《けんそん》しているが、けっこう対等な関係を構築しているように俺には見える。ビジネスパートナーという感じだ。実家は本物の旧家の貴族で、数年前に遺産相続がらみでひと悶着《もんちゃく》あり、その一件のおかげで、彼と俺の関係はただの『バイトと上司』から一歩前進した気がする。枠組みだけを重視するなら、今の俺たちは雇用主を同じとする『同僚』といっていいのかもしれないが、実態はまるで異なる。

それはさておき、クルーズの日程表である。旅の開始は四月十六日とある。三日後だ。どういうことなのかまだよくわからないが、これが本当にリチャードのための旅程表なのだとしたら、あいつは六日間、日本を離れることになるのだろう。エトランジェは土日だけ営業している店だが、営業日にかぶっている部分は、シャウルさんが店番をするのだろうか？　最後にあの口ひげのスリランカ紳士に会ったのは四日前だ。彼ら二人のフットワークの軽さは尋常《じんじょう》ではないので、そういうことも普通にあるとは思うのだが。

メールを最後まで見ていなかったことに気づき、俺はスクロールを再開した。旅程の下に宝石の画像が出てくる。クルーズと宝石？

最深部まで読んだところで、俺は旅程表の一番上に書かれていた飾り文字の正体を理解した。社名だ。俺でも名前を知っている、アメリカのジュエリー会社の名前だった。ダイヤモンドやらルビーやら、石の名前で画像検索をかけたら、必ず作品がヒットするであろう、超高級ブランドの名前だ。いわゆる『ハイジュエリー』の会社ということになるのだろう。

世の中には三百万円のルビーの指輪があり、五百万円のダイヤモンドの首飾りも存在する。だが、それは、いわゆる業界で『一番高級』な価格帯の品物ではない。マジかよという心境だがマジなのだから仕方ない。車一台買うような金額では、手の届かないジュエリーもあるのだ。たとえば三千五百万円の指輪とか。一億円の首飾りとか。

そういった、思わず『ゼロをいくつかお間違えなのでは？』と言いたくなるようなジュエリーを『ハイジュエリー』と呼ぶ。ハイ・エンド、つまり業界で最高峰の価格とクオリティを持つ品物という意味である。どこのデパートにも置いているというようなものではなく、専門店でもなかなかお目にかかれない。もはやジュエリーというより芸術品で、腕利きの職人たちを抱える工房は『メゾン』と呼ばれたりする。こういうことを教えてもらった時、高級なチョコみたいだなと上司氏に奏上したら、彼は少しだけ呆《あき》れて、ええそうですねと笑ってくれた。もちろんどんなに高級なチョコレートでも、一粒一億円はしないだろうが。

これはハイジュエリーでこっちは違うというような厳密な区別があるものではないから、尊称に近いジャンル名だと認識しているが、ハイジュエリーのブランドは、確かに存在する。フランスのヴァンドーム広場で、豪奢《ごうしゃ》なコレクションを披露しているお店とか、あるいはこのガルガンチュワとか。

　ガルガンチュワ。でっぷり太った福の神のような、金色の巨人のトレードマークは、世界有数のジュエリーをつくりだす会社のシンボルだ。すぐ隣に百周年という飾り文字のロゴも。

　どうやらこのクルーズは、有名なアメリカのジュエリーブランドによる創業百周年記念のお祝いで、新作のお披露目会も兼ねているらしい。ディーラーだけではなく、お客さまも呼んでいるのだろうか。呼んでいると思う。わざわざ業界の人間だけをおもてなしするには、ちょっとやり方が大げさすぎるだろう。羽振りのよさはハイブランドゆえか、社風か。

　リゾートで長期にわたって店を空けるリチャードは想像しにくいが——仕事の鬼とは言わないまでも、仕事を愛しているのは確かだと思う——商用の出張なら納得だ。こういう仕事もあるのかと、俺は少し驚いた。エトランジェの母体であるラナシンハ・ジュエリーは、よい石をお手頃価格でご案内し、場合によっては懇意《こんい》にしているデザイナーさんも併せて紹介する、デパートなどとは違う業態のお店だ。こんなハイブランドの品物を扱うような機会が、リチャードにはあるんだろうか？　宝石ではなくとも、こんな会社とかかわるようなことが？

そこで俺は、一番大切なことを思い出した。メールの件名だ。

ヘルプ・リチャード。リチャードを助けて。

何度見ても不穏である。見たところゴージャスな商用の旅としか思えないが、このメールを俺に寄こした誰かは、リチャードに助けが必要になると言っているのか。

いくらスクロールしても、メールの差出人からのメッセージは出てこなかったし、続報もない。書くのに時間がかかっているのだろうか。アメリカやイギリスのタイムゾーンはぱっと出てこないが、スリランカよりはずっと『過去』の時間のはずだ。

ざわつく気持ちをぬぐいきれないまま、ダイニングでストレートティーをいれて飲んでいると、続報が入った。同じアドレスからだ。またしても本文なし、今度は件名もなし。eチケットだけだ。

スリランカのコロンボにある国際空港から、ドバイ経由でフロリダまで飛ぶ、明日のチケットがご用意されていた。セイギ・ナカタさまとある。手回しが大変よろしいことで。四月二十一日、つまり六日間のクルーズの直後にぴったりの時間帯の、スリランカへの帰りの便もつつがなく。ややあってから三通目。俺の分の豪華客船旅程表。内容はリチャードと同じである。なるほど、この画像そのものがチケットになっているらしい。

このメールの言う『助けて』とは、『同行しろ』の意であるようだ。ヘルプには『助けて』だけではなく『手伝って』の意もある。深刻に考える必要はなく、荷物持ちをしてあげてねくらいの意味なのだろうか。ついでに遊んでおいでよと？

しかしこれは、どうにも拒否権がなさそうだ。決済が完了していなければこんな画面は出てこない。イギリスのクレアモント屋敷に滞在した時、一度リチャードにパスポートを預けて飛行機のチケットを手配してもらったことがあるが、その時にジェフリーにも情報が横流しされたのかもしれない。

そこまで考えて、俺は微《かす》かな違和感に気づいた。

リチャードとジェフリーは、そこまで和気あいあいとした関係ではなかったはずだ。俺がイギリスの家に滞在した時に、あの従兄殿に俺のパスポート情報の控えをとらせたとは思えない。そもそもジェフリーは、一度も俺に連絡したことのないアドレスから、前置きもなしにいきなりこんな唐突な情報を流してくるような人だっただろうか？　ノーと言いきれない自分に苦笑する。今までのところ二度、彼は俺に強烈なサプライズをかましてくれた。一度目はあまり快《こころよ》い方法ではなく、二度目はリチャードと共に俺の人生を救ってくれた。だからリチャード同様、俺は彼にも恩義があって、できることなら彼の役にも立ちたいと思っているのだが。

どうもやり口が、ひっかかる。

いつもの彼ほどスマートではない気がする。

アドレスに名前が入っているし、イギリスのドメインから届いてはいるが、本当にこのメールは、俺の知っている誰かから届いたものか？

逆に考える。そうでなければ誰だ？　誰がこんなことを？　地球半周ほどのコースになるコロンボとフロリダの往復はいくらだ？　十万円以下ではないと思う。大学三年時の怒濤《どとう》の引っ越しの際、俺のパスポートを身分証明書として彼に渡したかもしれない。あの時の記憶は少し曖昧《あいまい》で、まだ頭が詳細を思い出すのを拒否している気がする。厄介《やっかい》な話だ。

俺はちらりと考えて、通話アプリでジェフリーの番号をコールした。彼に電話をかけるなんて、引っ越しの時のどたばたを忘れればこれが初くらいの珍事であるため、繋がるかどうかわからなかったがともかくかけた。出ない。空振りである。続いてシャウルさんにも。報告連絡相談がしたい。しかしやはり繋がらない。彼も多忙な人だ。コールバックを期待するが、今すぐには無理だろう。一応メールも送っておこうか。

遠くで鳥が鳴いている。リビングを通して眺める庭は、柔らかな午後の日差しに包まれ始めていた。そろそろ昼食時だが、今日も冷凍のパスタでいいだろう。スリランカの食事はまだよくわからない。

俺はため息をついた。

セイギ・ナカタさまの明日の予定が書かれたメールを、俺はしみじみと読み返してから、二世代前のプリンターで、がこがこと紙に印刷し始めた。

果たしてコロンボ・バンダラナイケ国際空港発、ドバイ行きの国際線に、俺の座席は本当にあった。ドバイ経由でフォートローダーデール・ハリウッド国際空港まで、ほぼ丸一日飛行機に乗りっぱなしの旅である。それにしても不思議だ。初めて一人でイギリス行きの航空券を手配した時には、一生に一度くらいこういう突発的な旅もあるだろうと、自分で自分に言い聞かせて勇気を出していたのに、あれから数年でもう二回目である。あと何回こういうことがあるのだろう？　飛行機の旅そのものはけっこう好きになってしまって、離着陸の瞬間の、巨大な生き物に身をゆだねているような感覚はくせになりそうだ。恐怖症よりはいいと思うことにしよう。

報告連絡のあと、コールバックがあったのはシャウルさんだけだったが、俺は正直に事情を説明した。彼もジェフリーのことは知っている。リチャードを助けてというメール、豪華客船の旅程、チケット。リチャードよりもやや気難しくかなりわかりにくい宝石紳士は、フムと麗《うるわ》しのテノールで唸《うな》ったあと、それで？　とだけ言った。

あなたはどうしたいのですか？　と。

俺の報告に驚いている雰囲気はなかった。やはりリチャードの旅程表は本物で、シャウルさんはあらかじめそれを知らされていたのだろう。気になることがあるのはわかった。確かに私もそれは気になる。リチャードの親族の人間の裏付けがとれないことも不安である。現在リチャードとは連絡がとれない、十六日の昼までずっと接客対応だし、それ以外の時間は飛行機に乗っているからと。

それでもあなたが行きたいと思うのなら、行けばいい――と。

シャウルさんはこういう人である。全てのチョイスを俺にゆだねてくれる。もちろんその責任も。ありがたいことだ。

ハリウッド空港の、到着者用ラウンジで汗を流し、さっぱりした服に着替えてから、向かうは港である。空港から海まで遠かったらどうしようと思っていたが、サングラスをかけたタクシーの運転手さんに尋《たず》ねたら、二つ返事でオーケーと言ってくれた。十五分くらいの距離らしい。ホリデイ？　という質問に、そんな感じかもと返すと、まあそんな感じってどういうことだいと彼は笑った。仕事でクルーズに行くんだけど、と俺が曖昧《あいまい》に返すと、オーッと彼は笑った。少し安心する。俺がいつも英語で話している相手は、イギリス英語を喋《しゃべ》る人ばかりだったので、アメリカでもちゃんと通じるかどうか自信がなかった。とんでもなくバカげたことを考えている自覚はあるので、近いうちに俺の英語の先生に笑い飛ばしてもらおうと思う。

「じゃあ、気の持ちようってことだな」

彼はそう言った。仕事だと思えば仕事、遊びだと思えば遊びだと。

その通りだと思う。だが本当のところ、俺にはまだよくわかっていないのだ。

これはジェフリーの遊びか？

それとも何かシリアスな案件を、ジョークの砂糖でくるんでいるのか？

リチャードは本当に大丈夫なのだろうか。ヘルプなどという言葉を、英語が母語ではない相手に軽率に使わないでほしいものだ。救急車を呼ぶ時にだって同じ言葉を使うのに。

あれこれ考えているうちに、車は海辺を走っていた。

フォートローダーデールの港は、俺の知っている『港』とはかなり佇《たたず》まいが違った。船の規模が大きすぎる。東京の湾岸を小動物のいこいの水場とするのなら、ここは大型恐竜のたまり場だ。でかい。白い。ビルディングかと思うような船が海からにゅっとそびえている。

運転手さんは慣れた素振りで船の名前を教えるよう促し、港湾の交差点を迷わずに進んでいった。船舶によって港が違うのだ。五分も走っただろうか、チェックインはこちらというう電光掲示板が見えてくる。車はここまでだよと彼は笑い、支払いを済ませると、よい旅をと手を振って彼は去っていった。四十代の後半くらいだろうか。剝《む》き出しの二の腕には、彼の家族と思しき人たちの名前が彫り込まれていた。

俺は一体何をしているんだろうという気持ちが、また胸に兆《きざ》す。何故《なぜ》ここに来たんだろう。

考えるまでもない。ヘルプの内容が深刻か軽薄かなどどっちでもいいことだった。ただ、リチャードが困っているのなら、助けになりたかった。

ついでに、そうあくまでついでだ。そのついでくらいに。

あいつに会えたらいいなと思っていたのだ。

リチャードのことを考えるのは複雑だ。今の俺の状況を一番知ってもらいたいが、一番知ってもらいたくない相手でもある。お前のおかげですごく人生が充実してるよ、ありがとうと言いたいのだが、お世辞にもそんなことを言えるようなメンタルではない。俺という人間はまだ全然新しい環境に適応していないのだ。我ながら情けない。ここまで至れり尽くせりにしてもらってまだ何か要求できると思うほど厚かましくはないつもりだ。でも少しくらい、アドバイスを求めたい。そんなに心配してもらうほどではないけれど、新人だから話を聞いてほしいな、くらいの軽さで。お前が初めて宝石のことを本格的に勉強し始めた時はどんな感じでやりくりしていたんだ？　とか何とか。

繋《つな》がらなかったとしても、ジェフリーよりシャウルさんより、最初にリチャードに電話をかければよかったなと、俺は苦く思った。

しなかった理由も、自分の中では説明がついている。リチャードはとにかく優しいのだ。油性の極太赤ペンで三重強調線を引いておきたいくらい優しいのだ。もし俺が環境に馴染めずにいると気づかれたら、やっぱりやめましょうとでも言いだしかねない。それは絶対に困る。まだ中田正義《なかたせいぎ》という船は未知の領域に漕《こ》ぎ出したばかりなのだ。こんな序盤でいきなりタグボートで牽引《けんいん》されるようなことは避けたい。あいつは説得の鬼である。北風と太陽の寓話《ぐうわ》ではないが、あいつの濃縮直射日光のような熱意の前では、俺の決意の固さなど、冷蔵庫に入れておいた板チョコ程度の代物だろう。決心が無為になるのは避けたい。だから電話できなかった。我ながらこんなにダメ人間だっただろうかと笑えてくるレベルだ。

これは明らかに説教コースだなと思いながら、俺はチェックイン・ゲートと書かれた案内板に従って歩き始めた。案内板の下に船の名前が書かれている。『ユートピア・オン・ザ・シー』。海上の楽園ということか。

チェックイン・ゲートと書かれた建物の中は、ほとんど空港だった。面食らうほど広い。手荷物検査場があり、パスポート・チェックのカウンターがあり、大きな荷物の預かり所がある。俺の手荷物はバックパック一つであるため預け入れは不要ですと断る。周りにほとんど人がいないので、どうしてこんなに空《す》いているんですかと尋ねると、係員のおじさんは呆れた顔で、そりゃあんたが来るのが遅かったからだよと肩をすくめた。まずい。遅刻ギリギリらしい。小走りに構内を抜け、船へと続く長いスロープを駆け上がり、ようやく『搭乗口』までたどりついた俺は、メールで受け取ったチケットを提示した。受付機材が緑に光る。受理《アクセプト》。ほっと胸を撫《な》で下ろす。あの画像はただのいたずらではなかったのだ。飛行機のチケットが本物だった時点で、『乗れません』ということはないだろうと、七割くらいは思っていたが、三割は疑っていた。

「ようこそ、ミスター・ナカタ。ビジネスでのお越しですね」

ゲートを抜けた場所にある、飴《あめ》色のカウンターの前でインビテーションを差し出すと、俺は輝く笑顔で迎えられた。はいそうですとがくがくと頷《うなず》くと、カウンターの男性は折り目正しく微笑《ほほえ》み、フロアマネージャーだと名乗った。そしてものすごく聞き取りやすい英語で、船の説明をしてくれた。

この船『ユートピア・オン・ザ・シー』は、ガルガンチュワ・グループの理事であるアメン・カールスブルック氏の所有するクルーザーである。全長三百五十メートル、幅五十八メートル、総トン数は二十万トンを超える。恐竜の身長体重を聞いているような気分だ。定員は五千人、うち乗務員は千八百人。

この船はアメン氏の事業の一環として、カリブ海クルーズに活用されているため、今回の六日間の旅には、ガルガンチュワの招いたカスタマーとジュエリー業界の関係者だけではなく、一般の旅行者も同乗している。しかしガルガンチュワの関係者には一般の旅行者にはない特典もいろいろと付与されているそうだ。たとえばビュッフェ・レストランやネットラウンジ、スポーツ施設、プール、スパ、プロによる写真撮影、医師による健康診断、カジノの入場料など、各種施設の利用は完全無料。船の上なのにそんなものがあるんですかと、俺が小学生のように驚くと、マネージャーは嫌な顔一つせず微笑んでくれた。ありがたい。俺は豪華客船の何がどう豪華なのかなど、考える機会のない生活を送ってきたが、この数十秒で過不足なく理解できた気がする。ジュエリー・ショーは明日で、業者と一般招待客とは入場の時間帯が違うから注意してほしいとのことだった。

六日間の素晴らしい旅をお祈りしておりますという言葉と共に、俺は客室の鍵を受け取った。カードキーで、別添えの紙に部屋番号が書かれている。1128号室。部屋がいっぱいありそうだ。もはや首振り人形のように頷き続けることしかできない。豪華なランプと観葉植物が飾られたフロアの雰囲気といい、まるでホテルのロビーラウンジだ。

ところでと、マネージャーは切り出した。

「お連れさまは既《すで》に乗船されているようですが、お呼び出しをいたしますか？」

いえ大丈夫です、電話をかけますから、と俺が言うと、彼は笑って、関係者用パスのようなものをくれた。赤いネックストラップに、名刺大の紙の入ったカードホルダーがぶらさがっている。紙には名前が印刷されていた。ローマ字のセイギ・ナカタ。身が引き締まる。ここでは俺は宝石商見習いなんかではなく、アジアからやってきた宝飾品会社の社員だ。

パスを受け取り、首にかけた時。

俺はフロアの奥から、ぞっとするような眼差《まなざ》しを受けた。

ロビーラウンジの奥、関係者用と思しき出入り口に入りかけていた男性が、俺のことを睨《にら》んでいた。五十がらみで、スーツはクラシックなネイビーの三つ揃《ぞろ》えだ。何だろう。俺の背中に大量殺人犯の亡霊でもくっついているのか。背後を確認しても凶相の原因になりそうなものはない。

彼は耐えがたい侮辱を受けたような顔で、俺の顔を睨み据えると、勢いよく扉を閉めて消えてしまった。

呆然《ぼうぜん》としていると、どうなさいましたかとマネージャーが声をかけてくれた。いやに目つきの悪い人がいたと言っても仕方がないので、俺は笑ってごまかしてしまった。忘れよう。きっと虫の居所が悪かったのだろう。

「何かありましたらいつでもお申しつけください。お部屋の電話から内線八番で、スタッフに直通です。素晴らしい旅になりますように」

最後に握手を交わして、俺は船の奥へと足を踏み入れた。分厚い絨毯《じゅうたん》に足が沈む。ようこそ、ようこそという、白い歯の美男美女のお出迎えに緊張するが、何とか微笑み返す。

ふかふかの絨毯を踏んで歩いてゆくと、視界が開けた。天井がぐんと高くなる。

広がっていたのは、豪華なアーケード街だった。

俺の頭はおぼろげに、日本で一番有名なテーマパークを思い出した。リピーターの多い夢の国であることは知っているが、俺が訪れたのは中学生の時の遠足の一度きりだ。しかし異世界っぷりにたまげた記憶は鮮やかに残っている。あたり一面どこを見ても『最初からここにあったので置きっぱなしになっています』というものがなく、何もかもが人の手によって植えられるか建てられるか整えられるかしたもので、全てが調和するようにあらかじめ設計されている。違和感がなさすぎることに、頭が違和感を訴えてくるタイプの世界だ。

船の中に広がっていたのは、そういう類《たぐい》の街だった。

幅五メートルほどの道の左右には、ガラス張りの商店街が広がっている。主に飲食店だ。パブ、ピッツェリア、スシ・バー。そぞろ歩きをしているお客さんは、俺を含めて三十人くらいだろうか。白人の高齢者と、恐らくは中国系の人であろう若いアジア人の姿が目立つ。一応白いシャツを着てきたが、こんな装いは明らかに少数派で、老いも若きもみんなタンクトップにハーフパンツ、足元はサンダルだ。本当に異世界に紛れ込んでしまった気分だ。

見上げれば、アーケードの上から、『ガルガンチュワ』の広告が吊り下げられている。巨大な赤い宝石、恐らくはルビーと、それを抱く見事な金細工の女性。長い髪にちりばめられたダイヤモンド。ブローチか何かだろうか。迫力に圧倒される。そして会社のロゴ。石も細工も美しい。でも価格を考えるのは怖い。

見とれるように歩いているうち、俺は間違ったエスカレーターで昇降してしまったようで、気がついたら施設の外、屋上スペースのような場所に出ていた。かんかん照りの太陽の下、巨大な円形プールが二つ、数メートルの通路を挟んで目の前に広がり、水着の人々が浮き輪をつけてはしゃいでいる。海に浮かぶ船の上に何故プールがある。わからない。サマーベッドで肌を焼く姿がまぶしい。どこに行けばリチャードに会えるのかわからないが、ここではないことは確実だ。あいつが水着で肌を焼いていたら黒山の人だかりができるだろう。とりあえず元いた場所に戻らなければ。

異世界ぶりによたよたしつつ、飲食店やアミューズメント施設を横目に通り過ぎ、最終的にはスタッフさんのお世話になって、俺はロビーラウンジまで戻ってきた。おつかれさまですと炭酸飲料のグラスまでいただいてしまう始末だ。面目ない。今度はもう少し商用の人が訪れそうな場所を探そう。船首方向へ歩き、百脚ではききそうにない一人がけのソファが並んだスペースで右折すると、両開き扉にぶつかった。奥にももう一つ扉がある。最初の扉をくぐりぬけると微《かす》かに潮の香りがする。二つめの扉を開けると、今度は風が顔に吹きつけてきた。デッキに出たのだ。屋根があるので日差しはないが、手すりの向こうには外の景色が広がっている。

デッキからは、港の姿が見て取れた。海面が遠い。船が大きすぎるのだ。汽笛《きてき》の音が耳に刺さる。どうやら俺は最後の乗船者の一人だったらしく、早々に船は港を発とうとしている。早い。まだ心の準備も何もできていないのに。とはいえ、メールを受け取って以降、もうずっとこんな状況だ。なるようになってしまえ。

港の桟橋《さんばし》に、『よい旅を』というボードを持って手を振る人たちがいる。デッキに立つリゾートウェアの人々も手を振り返していた。自分が動いている感じはあまりしない。船だというのに、エンジンの音もしない。揺れもない。これが豪華客船というものか。

と。

懐《ふところ》のスマホが振動し始めた。通話アプリが起動している。相手は『リチャード』。えっ。

えっ。どういうことだ。あいつにはまだ連絡を取っていないのに。そうか、シャウルさん経由で情報が伝わったのか。

旅立ちのひと時を満喫している人々を邪魔しないよう、俺は船の進行方向に向かって歩き出した。全長三百五十メートルという話だから、三百メートルほど歩けば船首に出るかもしれない。デッキはどこまでも細長く伸びている。

「もしもし、中田です！」

『私です。今、電話する時間はありますか』

あるある、大ありだと応じると、リチャードは微かに笑ったようだった。ロビーの情報では、もう船に乗り込んでいるとのことだったが、今どこにいるのだろう。そう尋ねると。

『出先におります』

出先。だいぶぼかした表現である。シャウルさんから、俺が追いかけてゆくという話を聞かされていたのであれば、使いそうもない表現だった。何を考えているこの馬鹿《ばか》め、くらいのジャブをお見舞いされることは覚悟していたのに。

まだシャウルさんからの連絡を確認していないのだろうかと訝《いぶか》りつつ、俺は無駄に歩きながら話し続けた。

「リチャード、どうして今、電話してくれたんだ」

『別に。特に理由はありませんが、慣れない国に戸惑っている頃合いかと思いまして。無精を叱りたい気持ちも少々。業務連絡程度の気持ちで、いつでも連絡しろと言ったのに、なしのつぶてとはいい度胸です。お元気ですか？　何か困っていることは？』

濃縮直射日光の面目躍如《やくじょ》である。俺のテンションがこの数秒でどれだけ上がったのか、自分で自分に呆《あき》れるほどである。相当参っていたらしい。何も言葉にならず海を眺めていると、後ろから来た人にぶつかりそうになったので、俺は慌てて道をあけた。

『正義？』

「おお、な、何だよ」

『何だよはこちらの台詞《せりふ》です。どうしましたか。スリランカは夜だと思いますが、まだ外出中ですか？』

下調べも完璧らしい。畏《おそ》れ入る。後方からやってくる人たちの邪魔になりそうなので、俺は所在なく歩き続けた。徐々にデッキが広くなってゆく気がする。

「外出中っていうか、何ていうか……ちょっと歩いてて」

『キャンディの夜歩きを？　引き返しなさい。あなたが思っている以上にあのあたりは自然豊かな山間《やまあい》です。危険な野生動物は滅多に出ませんが、万が一ということもあります。そうでなくても薬物中毒者に出会う可能性もあります。無駄な危険を冒《おか》すのは』

「そうじゃないって！　安全なところを歩いてるから」

『では、庭を歩いているとでも？』

「まあそんなとこ、かな……！」

何が庭の散歩だ。豪華客船の甲板《かんぱん》を散策中である。徐々に潮の香りが強くなってゆく。またしても両開きの扉があるので、あいているほうの手で押し開けると、俺の体はぶわりと海風に包まれた。ここから先には屋根がない。太陽の光がまぶしいほどだ。手すりの向こうはすぐ海で、俺は高さに少し驚いた。ひっと息をのんだ声が、回線の向こうの相手に伝わったらしい。

『正義。どうしました』

「ね、寝ぼけてた！　大丈夫だ。大丈夫だ」

『ああ、眠っていたのですね。ではかけ直しましょう。就寝が随分《ずいぶん》早いようですが、いつもは何時ごろからシャウルのレッスンが始まりますか？』

「レッスン？　いや、そういうのは特にないよ。シャウルさんは忙しいみたいで、今はキャンディの家に俺一人で、図鑑と石を見比べてる感じかな」

『……は？　あなたが一人で？　話が違う。いえこちらの話です。お気になさらず』

「大丈夫だいじょうぶ、うまくやってるから」

どこまで嘘《うそ》を塗り重ねるつもりだという心の声が痛い。この電話の最中どこかで、実は今フロリダにいるんだと切り出さなければならないのはわかっている。ただ、リチャードが俺と話しているという事実が嬉《うれ》しすぎて、なかなか水を差せない。冗談ではない。遠足前日の小学生じゃないのだから、言うことはきっちり言わなくては。俺は猛然と足を動かし、救命ボートとベンチに挟まれた細いデッキを歩き続けた。進めば進むほど、人の姿は少なくなってゆく。

「あ、あのさ、リチャード、言わなきゃいけないことが」

『お詫《わ》びしなければなりませんね』

「えっ」

正義、とリチャードは俺の名前を呼んだ。やめてくれ。ますます『ところで今フロリダにいるんだ』が言いにくくなる。

『想像していた以上に、あなたは不自由な状況に置かれていたのですね。思えば私も師匠に頼りすぎていました。もちろんシャウルはあなたの研修に非常に好意的かつ協力的ですが、彼と私の間には教育論の相違という谷が横たわっています。どちらかというと彼は千《せん》尋《じん》の谷へと弟子を突き落とすタイプの人間で』

「縁起でもないこと言わないでくれよ、突き落とされてなんかいないって」

『しかしあなたには、海外に長期滞在した経験もないのに。日本とスリランカの違いは私にもわかります。もう少しお話ししましょう。最近はどんなものを食べていますか。よく眠れていますか』

最近食べたのは機内食のケバブですごくおいしかった、今は船の上だ、と言えば全て片がつく。しかし俺は何も言えなくなってしまった。作り置きのスープか、スーパーで買った冷食を食べているなんて言いたくない。そもそもスリランカ料理をもっと食べたいのだが、住んだこともない国の料理を作れるほど器用ではないし、どこに食べに行ったものかもまだよくわからない。俺の住んでいる高台の家から市街地まではちょっとした距離があり、徒歩でスーパーまで行くのは骨だ。とはいえ車を貸してほしいと言うほどのことでもない。

「ああ……ええと」

『よろしい。近いうちにそちらにうかがいます。何か食べたいものは？　特に思いつかなければ、あなたが食べていたものを手あたり次第買ってゆきます』

「いいよ、いいよ、心配するなって、本当に大丈夫だから。あっ……でも、オイスターソースがあったら嬉しいな」

『中心部の中華食材店か、コロンボのスーパーにでも行けば置いていませんか？　あの都市の交通事情はローマに匹敵しますが、慣れれば運転できるでしょう』

「え？　車はないんだ。ただ徒歩圏内に店があんまり」

『……どうやら私は師匠と本格的な戦争をしなければならない』

　誤解だ、誤解だからと繰り返すうち、俺は甲板の行き止まりにたどり着いてしまった。

ほとんど行き止まりの壁としか思えない部分に、傾斜の厳しい階段がそびえたっている。

三十段くらいあるだろうか。せっかくだから上ってみよう。

「リチャード、俺は本当に大丈夫だよ。ただちょっと、宝石の目利きの勉強に、行き詰まりを感じてるところはあって、それで落ち込んでるように聞こえるのかもしれないけど」

『移動手段にとぼしい異郷で、話し相手もなく宝石と向かい合っているあなたの姿を想像しましたが、『本当に大丈夫』とは思いがたい光景でした。早急な環境の改善をシャウルに訴えます。できることなら近日中にそちらにうかがいたいのですが、最低一週間は身動きが取れそうもないので』

「俺のことはいいから」

『よくない』

「いいって！　いやよくなくても構わないけどさ、それはひとまず置いて、そっちの話も聞かせてくれよ。エトランジェはどうなってるんだ」

なるべく足音を殺しながら、俺は階段を上り始めた。海底から水面へと浮上してゆくような傾斜だ。ひょっとしたらここは、お客さんの利用はあまり想定されていないのかもしれないと、上り始めてから俺は気づいた。しかし電話をかけながら後戻りをするのは怖い。行けるところまで行ってしまおう。

『土日営業を続けていますが、店番は変則的です。私がいることもあれば、師匠がいることもあります。お客さまにはあらかじめ、どちらが応対しているのかご連絡していますが……』

リチャードはそこで間を取り、思い出したように笑った。何だろう。

『あなたのことが恋しいと、よく言われます』

「え？　俺？」

『店主とマンツーマンで宝石に向かい合うのは、一人でお越しのお客さまには特に、プレッシャーになるようです』

言われてみれば。俺がリチャードに出会ったのは、銀座《ぎんざ》七丁目の宝石店の開店間際の日だった。リチャードがあの店に一人、という環境を想像するのは、なかなか難しい。

「……一人でやりくりしてるのか。大丈夫か？　新しいアルバイト、もう雇ったのか」

『考えてはいますよ。しかし店主一人でも回すことはできますし、それほど大きな問題も今のところありません。しばらくはこのままでしょう』

「大丈夫なのか。防犯面のこととか」

『監視カメラのメンテナンスも、警備業者との契約も、保険も、随時更新中です。それより、家の中にいるのでしょうね。自然音が聞こえたような気がしましたが』

「庭に、犬でもいるのかな！　はは！」

『犬ねえ……』

俺はひたひたと階段を上った。唐突に視界が開ける。

登りきった場所に待っていたのは、船の突端部だった。尖った舳先《へさき》だ。

三角形の甲板には、Hというマークが描かれていた。緊急時にはここがヘリポートになるのだろう。そうでもなければ活用の機会がない場所なのかもしれない。

尖った舳先の左右には、紺碧《こんぺき》の広大な海原が広がっている。水平線の上には、アクリル絵の具で塗りつぶしたようなライトブルーの空。色彩のコントラストにめまいがしそうだ。

そして。

海と空の真ん中に。

『まあ、いつどこで何をしていても、あなたの勝手といえば勝手なのですが』

よく知った誰かの、後ろ姿があった。

茶色のモカシン。裸足《はだし》ではいている。白い麻のパンツと、細い縞《しま》の入ったブルーのシャツ。ジャケットは腕に持っているだけだ。帽子はかぶっていないが、きっとサングラスをかけているのだろう。青い瞳は茶色い瞳より日光に弱いと聞いた。海風が金色の髪をなぶってゆく。まだ十メートル以上距離がある後ろ姿だというのに、もう目がくらみそうだ。でも多分これは美しさの過剰摂取というより、嬉しさの過剰摂取のせいだろう。

『正義？』

「あ、うん。うん。ごめん、何だっけ」

『……何か他に気になることがあるようですね。切ります。それでは』

「待ってくれ！　ちょっと待ってくれ」

何を言っているのか自分でわからなくなってきた。今俺がするべきことは、電話を切って、ようリチャードとか何とか適当に声をかけて、実は今フロリダにいるんだと告げることだ。いや、目の前に俺が現れるのだから、後半のパートは省略できるかもしれない。とはいえどちらにせよ、確実に。

晴天の最中に、特大の雷《かみなり》が落ちるだろう。

けぶるような輪郭《りんかく》線の持ち主は、通話口の外に小さくため息をついたようだった。

『言いたいことがあるなら、お早目に。目の前でうわついた素振りを繰り返されても、にこやかな対応を続けられるほど、私はできた人間ではありませんので』

「よく言うよ、俺の知る限りお前は世界で一番の」

『残りの言葉がわかりましたので続きは結構。本題を』

「…………リチャード、あのさ、話さなきゃならないことがある」

もう乗りかかった船ならぬ乗船してしまった豪華客船だ。腹をくくれ。

「ちょっとびっくりさせるかもしれないんだけど、とりあえず聞いてもらえるかな」

『何です。どうしました』

青いシャツの後ろ姿が動く。振り返るだろうか。振り返らない。舳先から吹きつける海風のせいで、背後にいる俺の声はかき消されてしまうようだ。

「……大したことじゃないかもしれないんだけどさ、何て言ったらいいのか……本当にびっくりさせると思う」

『私が驚くかどうかは私が決めます。案件を』

いたずらを告白する三歳児のような心境である。でもこれはジェフリーのせいで、いやおかげでと言うべきなのだろうか、わからない。心臓がばくばく言っている。こんなに気まずいだるまさんが転んだ初めてだ。

俺の目の前で、美貌《びぼう》の男は微かに首を横に振った。見慣れたジェスチャーだ。

それだけで何故か、安心する。目の前にいるのは俺の知っている相手だ。

『変わっていませんね。あまり心配させないでいただきたいものです』

声が優しい。怒りませんよと言われた気がした。

もうここまできたらやれることは一つだ。俺は電話を切り、距離を詰めた。困惑したリチャードが、スマホを耳から離して直視している。ブラウンのサングラスを外して額にかけた時、そっと肩を二度、タップした。挨拶《あいさつ》だ。挨拶しなければ。

青い瞳が俺を見た時、意を決して片手を上げた。

「お久しぶりですね……？」

ふざけているとしか思えないことを言いつつ、俺は曖昧な笑みを浮かべた。

その時のリチャードの顔を、俺は一生忘れないだろう。

見開かれた青い瞳が示すのは、驚愕《きょうがく》だ。そして。

絶望感。

少しの恐怖。

罠《わな》にかけられた動物が、自分の行く末を悟ったような。

意味がわからなかった。さっきのロビーの男性といい、いつの間にか俺は幽霊か何かになっていたのか。顔に呪いの印でも浮き出しているのか。そんなはずはない。なら何故。

リチャードは固まっている。ただ驚いているだけには、やはり思えない。

どうしたんだ。一体何があったんだと、無言で問いかけ続けていると、ややあってから、美貌の男は乾いたため息をついた。

「……なるほど。そういうことですか」

「どういうことだよ」

リチャードは答えてくれなかった。強烈な汽笛の音が耳を刺す。見下ろせば、小さな曳《えい》航船《こうせん》が客船の前から離れてゆく。客船はいよいよ外海に出てゆくのだ。航海の無事を祈るように手を振る、小さな船のクルーの黒い影が見えた。

一瞬、目の前の相手から離れた視線を、俺は再び元に戻した。リチャードがいる。今度こそ、いつもと同じ冷静な静謐《せいひつ》さを保って、青い瞳が俺を見ている。いや、いつもよりちょっと、冷たい感じで。

「こちらこそ、お久しぶりですね。いろいろと話すことがありそうです」

「リチャード、ごめん。こんな急に来るつもりはなくて」

「あとで聞きます。来なさい。ここは長話をするのには不適当です。とりわけ言わなければならないことが雁首《がんくび》を揃《そろ》えて行列を作っているような時には」

そう言って、リチャードは俺の前から身を翻《ひるがえ》した。すたすたとデッキの後方へと歩いてゆく。傾斜のきつい階段は、この場所への正規の通路ではなく、船内からすぐ、この場所へと続くドアが存在していた。

飛行機に乗っていた時から、ある程度の説教コースは予感していたが、リチャードの様子はそこまで単純には見えなかった。想像していたより、もしかしたら俺は、複雑な事態に巻き込まれているのかもしれない。

どうしたらいいのかわからないまま追いかけてゆくと、扉の前でリチャードは立ち止まり、俺を振り返った。何だろう。一つだけ、と右手の人差し指が伸びる。しゅっとしたシルエットが懐かしい。奇妙なものだ。ついこの間までしょっちゅう顔を合わせていたのに。

叱られるのを覚悟して身をこわばらせると、リチャードは笑った。

「あなたに会えて、とても嬉しい」

そう言って、フロリダの太陽が恥じ入って雲に隠れてしまいそうな微笑みを浮かべると、リチャードは再び回れ右して、船の中に戻っていった。恐ろしく人工的な街並みが続いている。

いずれにせよ航海は始まった。

六日間、俺はリチャードを手伝うか、助けるか、その両方か、ともかくベストを尽くすつもりだ。尽くすつもりだったのだが。

もしかして真逆のことをしているのではと、俺はその時ようやく気づいた。

人の少ないラウンジスペースに到着すると、最初にリチャードはシャウルさんに電話をかけた。シャウルさんはリチャードにメールで連絡をいれてはいたものの、今から『追加人員』がそちらに向かうということしか伝えていなかったらしい。

どうなっているのですかという最初の一言だけが英語で、残りは高速のシンハラ語だった。十分後、少し遠くの柱の陰で話していたリチャードが、疲れきった風情《ふぜい》で戻ってきて、俺たちはとりあえず座って話せるところを探した。船の中には無数の飲食店が存在しているが、出航直後とあって、どこも客入りはまばらだ。みんな船内探検や、デッキの外の景色を楽しんでいる頃合いだろう。

二階の船尾付近、丸窓から海を見下ろす、潜水艦の中のような雰囲気のカフェバーに落ち着いて、俺たちはとりあえずカウンターに注文をした。ミネラルウォーターを二つ。

最初に説明をさせられたのは俺のほうだった。三日前の急なメール、ジェフリーと思しき差出人、リチャードの豪華客船の旅程表、俺の航空券のチケット、俺の豪華客船の旅程表、シャウルさんとの相談、二十四時間のフライト、フロリダ到着、タクシーで港へ。リチャードは俺が把握《はあく》している以上の事情を、もう俺の顔を見た瞬間に理解しているようだったが、そういうことを俺が少しもわかっていないこともわかっていてくれた。

俺の話を最後まで聞くと、リチャードは懐《ふところ》から携帯端末を取り出し、表情も視線もほとんど動かさず高速のタイピングでメッセージを仕上げてはフリックで送信していた。打ち込んでは送信。打ち込んでは送信。メッセージを作成する顔で内容と相手がわかることもある。リチャードが恐らく、この地球上で一番きつく当たる――あるいは当たることができる従兄《いとこ》さんは、まだ連絡を寄こさないらしい。俺にも返事はない。大丈夫なんだろうか。端末が壊れたとか？

短い呼吸のあと、カウンターの奥の男性スタッフからちらちら顔を見られ続けている美貌の男は、ようやくボトルのキャップをはずして水を飲んだ。俺は少しだけ椅子を移動させて、スタッフとリチャードの間の障壁になった。限度はあるだろうが、気持ちの問題だ。スタッフは俺の意図に気づいたようで、申し訳なさそうにカウンターの反対側へと移動していった。

「なあ、シャウルさんは何て……？　俺のこと、何か言ってたのか？」

「『行きたいという気持ちがあまりにも溢《あふ》れているようだったので、止めるだけ無駄』と判断したとか」

「うっ、ごめん。他には……？」

「『自己責任』だと」

自己責任。出発する前にも同じことを言われた。飛行機の座席があるのだから、フロリダまで行くことはできるだろう。豪華客船に乗ることもできるだろう。

だがその後あなたがどうなるのかまでは、私にはわからないと。

それでもいいのなら行きなさいと、宝石で世界を元気づけるという野望を抱いた宝石商は、いつもの得体の知れない微笑みを浮かべて俺を送り出してくれた。

気をつけていってらっしゃいくらいの気持ちで、俺は受け止めていたのだが。

「何が起こっても、彼の知ったことではないそうです。何故ならこれはあなたと私の問題で、宝石の世界には騙《だま》されることがつきもの、一度騙されてみないことには、自分がどのような環境に身を置いているのかもわからないものだからと。まったく、あのたぬき」

「『騙される』？」

リチャードは何も言わず、それで？　と俺の顔を上目遣いに見た。

「あなたはこのクルーズのことについて、どれだけ理解しているのですか」

どれだけ理解、と言われても。

六日間の船旅。アメリカの大手ジュエリー会社の主催。船内でジュエリー・ショーを開催。会社の理事の所有している船で、一般客の他、顧客と関係者の双方が招待されている。

リチャードと俺は関係者枠。ショーでは新作のハイジュエリーが拝める。

こんなところではないかと俺が答えると、まあ間違ってはいませんとリチャードは告げた。間違ってもいないが正解でもないということか。

もう少し説明してくれと俺が眉間《みけん》に皺《しわ》を寄せると、リチャードは唇をほころばせた。

「何か食べたいものは？　そろそろお腹《なか》が減ってくる頃合いでしょう。食べられるうちに食べておきなさい。しばらくするとジェットラグが出てきます」

「俺のことは俺がどうにかするよ。それこそ自己責任だ。それより」

「食欲もないとは、疲労していますね。よく休みなさい。客室の番号をおうかがいしても？」

乗船時にもらった紙とカードキーを、俺は無言でリチャードに差し出した。１１２８号室。まだ部屋は見ていないと告げると、リチャードは興味深そうに笑った。心から楽しんでいるわけではないが何らかの面白みを見出している。ちょっと怖い。俺がたじろぐと、リチャードは軽く鼻を鳴らした。その時俺は確信した。

今日のこいつは、俺の知っているリチャードとは少し違う。環境が銀座七丁目の宝石店と違うためだけではない。うまく言えないのだが、そう。

戦士のようだ。

武具一式を万全に整えて、戦場に臨《のぞ》むような。

俺のほうを見る時だけ、わざとらしく平時の顔をするが、臨戦態勢という感じである。

「正義、一度鍵をお借りしてもよろしいですか。それともすぐにでも眠りたいですか？

レセプションに掛け合ってきます」

「眠くないって。何かやることがあるなら、俺が自分で」

「私のほうが速い。ここで何か食べていなさい。食事もフリーだったはずです」

「……急ぎの用事があるのか」

「別に。ただ」

そうですねとリチャードは間を取り、微笑んだ。南国の太陽のような微笑みではなく、薄暗いバーにぴったりの、どこか背筋が寒くなるような顔で。

「できることなら、これから六日間、ご自分の客室に缶詰めになるくらいの気持ちでいていただけると、私の心は大変やすらかです」

ご参考までに、と微笑む瞳の奥に、俺はいつにない緊張の影を見た。

ジェットラグ、つまり時差ボケを体験したことがある人間から一言言わせていただくなら、あの眠気はもはや暴力である。人間には体内時計があり、朝が来たら目が覚めて夜になったら眠くなるようになっているものだが、飛行機に乗ると体に刻まれた『朝』や『夜』が現実の時間からずれてしまう。しかし体はそう簡単に一度覚え込んだくせを忘れてくれない。今は夜のはずですから眠くなってください、さあ眠くなってください、どんどん眠りましょうと、昼の太陽がさんさんと差し込んでいる最中にも訴えかけてくる。絶対に大丈夫だから同行させてくれと、何故か1128号室から1011号室に移動させられた俺は主張したが、リチャードは子どもをあやすような顔で「寝ろ」としか言ってくれなかった。部屋から出るなと顔に書いてある。そして部屋を移動させられた理由もまた、説明してはもらえなかった。

何か事情があるのは明白だ。しかし理由の説明がない。教えてくれたらちゃんと協力すると、俺は長いエレベーターに乗って客室階まで動く間に何度も繰り返したが、のれんに腕押しで、誰かとすれ違うたび聞こえてくる「オウ」とか「ワオ」とかいう声を全て無視しながら、リチャードは俺を部屋まで送り届けて、何も言わずに去っていった。

広い部屋である。大学三年の時、東京でしばらく滞在させてもらっていたラグジュアリーホテルといい勝負だ。ソファがあり、巨大なベッドがあり、書き物机があり、ようこそというメッセージカードがベッドの上に置かれ、多分使わないであろうドレッサーにはウェルカム・フルーツの籠《かご》がある。ぶどうバナナオレンジりんご。部屋の電灯やエアコンなどの操作はカードキーを差して使うタッチパネル式で、言語表記は二十五か国語対応だった。当然日本語もある。だんだん自分の金銭感覚や『豪華』の基準が麻痺《まひ》してゆく気がする。スリランカで一番よく通っているスーパーの前の、雑然とした三輪タクシーだらけの雑踏風景と、一杯二十円のミルクティーを思い出し、俺はどうにか心の均衡を保った。あの風景とこの豪華客船の間のどこかに、俺の高田馬場《たかだのばば》のアパートが位置しているはずだ。

以前リチャードに教えられた通り、水回りや電気系統に問題がないことを確認したあと、俺はやれやれとソファに腰を下ろした。いい部屋だ。だがそれはさておき、ちょっとこれはないのではないか、もう少し説明してもらえないか、と思いながらうとうとし始めたら夜の零時を回っていた。八時間以上眠っていたことになる。まずい。何としてでも二度寝しなければ、明日に響く。

そういえばリチャードの部屋番号を尋ね忘れていた。

携帯電話があれば連絡はとれるし、外に出るなというようなことを言われてもいた。だが食料を調達に行くくらいのことは許されるだろう。エレベーターで一階まで降りてゆくと、二十四時間営業のコンビニのような店の門をくぐった。日本でもスリランカでもアメリカでも買えるクッキー型の携帯食料、部屋の冷蔵庫にはなかったエナジードリンクと炭酸飲料、腹持ちのしそうなビーフジャーキーを見繕《みつくろ》って、部屋のカードキーで会計し、

『大通り』に出ると。

向かいのアイリッシュパブに、馴染みのある影を見たような気がした。金色の髪に白い肌。もちろんここは日本ではないのだから、そんな容貌《ようぼう》の人間はごまんといるだろう。でも俺のセンサーが反応するということは、かなりの高確率で、世界一の美貌の男である。このあたりの勘は過去一年間で相当鍛えられた自信がある。

俺に外に出るなと言っておいて自分は何をしているのか。そもそも説明不足も著《いちじる》しい。もう少し詳細な説明を求めてもバチは当たらないはずだ。パブでおいしいロイヤルミルクティーでも見つけてしまったのだろうか。あれこれ考えながら、ビニール袋をぶら下げて静かに距離を詰めてゆくと。

「力をお借りできればと」

よどみのない英語に、俺は足を止めた。

カウンターのロンググラスの中の透明な液体は、まず間違いなく水だろう。雰囲気たっぷりの場所でも水を注文するあたり、そして金色の髪が描く優美な後頭部の曲線からして、まず間違いなくリチャードだろう。カクテルパーティ効果をフルに活用しようとしても、低く鳴っているジャズが邪魔でうまくいかない。右に左に無駄なステップを踏みながら、店の看板に惹《ひ》かれたふりをして近づいてゆくと。

誰かと話しているようだった。

俺のところからはリチャードの姿しか見えない。しかし一人ではなさそうだ。隣に誰かがいるようだ。小さなショットグラスが一つだけ、ぎりぎり見える。そっちに入っているのは水ではないだろう。

リチャードやジェフリーと同じ、よどみのないイギリス英語を、俺の耳は聞き取った。声はリチャードより、少し低く、切れ味が鋭い。

「今更そんなこと言われてもな。お前とはもう終わってるんだ」

「何とでも。あなたはいつも私に優しい」

「優しかった、にしてくれ。今は違う」

「あなたがそう思っているだけだ。あなたは少しも変わっていない」

「冗談じゃない。お前といると手間、手間、手間の連続で気の休まる暇がない。わかったら少しは反省しろ」

リチャードは黙り込んだ。不思議である。同じ声をした別人の会話を聴いているような気さえする。でもイントネーションや言葉の選び方は、間違いなく俺の知っている宝石商だ。

誰なんだ。リチャードが話している相手は。そしてできることなら、俺の上司にもう少し誠実に対応してほしい。だがこんなところでいきなり乱入しても、誰からも喜ばれないことは確実である。

間をおいてから、美貌の男は言葉を一つ、選び出したようだった。ベルベットの宝石箱から、一つ、輝く宝石を慎重に選び出すように。

「変わっていない」

返事は、なかった。ジャズの音色だけがパブに広がる。息が詰まるような沈黙だ。どこにいる、と男は言った。意味がわからなかったのは俺だけではなかったらしく、問いかけられたほうも返事をしなかった。語調の鋭い男は言葉を重ねた。

「部屋番号。どこにいるんだ」

「……1128号室。何時に？」

「こっちにも都合がある。予定が空き次第だ。それでいいな」

感謝します、というリチャードの声は誠意に満ちていた。男の返事はため息だった。

「何度も言うが、過剰な期待はするなよ。迷惑だ」

そう言い捨てて、誰かは立ち去ってしまったようだった。俺のいるほうに出てくるかと構えていたが、この店には出入り口が二か所あった。俺のいない方角から出て行ったらしい。感謝すべきだろう。多分。

慌てて店の中を覗《のぞ》き込むと、リチャードの背中が取り残されていた。一人で水を飲んでいる。他の客の姿はまばらだし、リチャードより一回り以上年上の相手ばかりなので、声をかけてくる様子もない。あの二人の話しぶりからして、そっとしておこうと思われていても無理はないだろう。

でも俺は声をかけたかった。何か言いたかった。顔が見たい。顔を見て大丈夫かと言いたかった。言おうとしたのだが。

俺が店に入る前に、リチャードはのろのろした動きで、ぞんざいにロンググラスを手に取り、中身を半分ほど一気飲みして、低く呻《うめ》いた。そのまま動こうとしない。資生堂《しせいどう》パーラーではあんな飲み方は一度もしなかったと思う。いや、俺の前では一度も。いたたまれなさが最高潮に達し、俺は何も言わずエレベーターホールへと急いだ。

十階の部屋に戻り、俺は手持ち無沙汰《ぶさた》に端末を確認した。窓の外は真っ暗なのに、全く眠れる気がしない。ジェフリーやシャウルさんからの連絡はない。世界の全てから放っておかれているような気分になってくる。

日本の家族への連絡は、週に二回ペースでとっている。今日はやめておこう。何しろ自分が今どんな状況に置かれているのか、自分で自分に説明できないのだから。

「…………………」

考えなくていいことを考えている自覚はある。さっきリチャードと話していた相手は誰だったのか。リチャードは何を依頼していたのか。昔因縁があったような話をしていたが一体どういう相手だったのか。俺の知ったことじゃない話ばかりだ。明日顔を合わせても、何も聞いていないふりをしよう。

それにしても、さっきリチャードが口にした1128という部屋番号は、ひょっとしなくても、俺がチェックインするはずの部屋番号だった気がするのだが。

どういう事情の話なのだろう。

考え込みすぎても明日に響く。今は眠ることに努めよう。大丈夫だ。俺はタフだし、二度寝は大好きだし、明日はジュエリー・ショーだ。きっちり眠ってリチャードの手伝いをしよう。シャワーを浴びて早々に俺は目を閉じた。長距離移動の疲労がまだ残っていたのか、俺は早々に眠りに落ちることができた。夢も見なかった。ありがたい。経験上こういう時に見る夢は、ろくなものではないと知っている。

DAY2

ディーラーとプレス向けのジュエリー・ショーは午後一時からと聞かされていた。打ち合わせと身支度の時間を含めても、二時間あれば整うだろう。十時に目覚まし時計をかけていたのだが、俺の眠りは内線電話によって午前九時に打ち切られた。もう少し。もう少し寝ていたかったのだが大丈夫だ。睡眠時間は完全に足りている。

『起きていますか？　私です。少々お話ししたいことが。作戦会議をしましょう』

「……オーケーだ。十五分で行く」

今起きたところだと気づいたリチャードは、たっぷり時間をとれと言ってくれたが、伊達《だて》に起床してから大学まで十五分で通学していたわけではない。シャワールームで汗を流したあと、ぱぱっと身支度を整え、十三分で俺は指定されたロビーラウンジに到着した。リチャードは室内だというのにサングラスをかけて、日本語の新聞を広げている。ラウンジのテーブルの『ご自由にどうぞ』コーナーから取ってきたらしい。服装はあまりぱっとしないクリーム色のパンツに、飾り気のない白いワイシャツ、裸足《はだし》にモカシン。唇は真一文字だ。いつものリチャードに比べると、華やかなオーラは半分以下といった風情《ふぜい》だが、それでも限度があるようで、遠巻きに写真を撮ろうとする人々の姿が絶えない。日本を離れて少し思う。もしかしたらリチャードが銀座《ぎんざ》に店を構えた理由の一つは、俺の国が世界有数のナンパ文化の薄い国だったからではないだろうか。ラテンの国々やアメリカに比べれば、過ごしやすい場所だっただろう。

「お待たせ！　作戦会議だな。どこでやる？　移動しよう」

「早すぎる。目が覚めてから何も食べていませんね」

「……あとで何か食べるから」

リチャードは無言で立ち上がり、俺を引っ張ってレストランへと連れていった。飾らない感じのフランス料理を食べさせてくれるところらしい。照明は明るすぎず、過度に開放的な雰囲気もなく、ガラガラに空《す》いている。この船で一番大きな飲食施設は食べ放題の大ビュッフェのはずだが、リチャードが注目を浴びずにあそこへ入ってゆくのは至難の業《わざ》だろう。

サラダとサンドイッチを俺が黙々と食べる間、リチャードはミネラルウォーターのグラスを弄《もてあそ》んでいた。指先の動きが優雅だが、やはりどこかにぴりりとした緊張感が漂っている。

「少しは頭が冴えてきましたか」

「最初から絶好調だって。いい部屋に泊まらせてもらってるし」

「元気そうで何よりですが、無理をする必要はありませんよ」

「ちょっとは頼りにしてくれよ。英語だって普通に喋《しゃべ》れる」

「できることなら、ここでは日本語を使いたいと思っています。シャウルが私を重宝した理由を覚えていますか？　二人で日本語を喋っている間は、公共の場でも暗号通信が使えるようなものだったと」

そういえばそんな話を聞いた気もする。リチャードは唇に微笑《ほほえ》みのアーチをつくると、長い瞬《またた》きをした。まつげの輝きで瞳がけぶるようだ。

「まあ、暗号通信とはいえ、音としては筒抜けです。過度な信頼は禁物ですし、嫌な顔をされる可能性もあることは、承知しておいていただきたいと思いますが」

俺が頷《うなず》くと、リチャードはグッフォーユーと言ってくれた。懐かしい響きだ。そして再び日本語に切り替え、今日の予定を書類を見せながら説明してくれた。ガルガンチュワ創立百周年クルーズ。ディーラー向けジュエリー・ショー。新作発表および展示会。十三時から。軽食とカクテル完備。

ここに二人で参加するわけだなと、俺が尋《たず》ねると。

リチャードは何も言わず、じっと俺の顔を見て——この異様にうまいトマトとチーズとサラミのサンドイッチが食べたいのかと思って一切れフォークで差し出したが、完全に無視された。違うらしい——短く告げた。

「あなたは参加したいのですか」

困惑する。それは、わざわざ尋ねるようなことなのだろうか。宝石商見習いにとって、ハイジュエリーの展示会なんて、めったにない目利き力を磨くチャンスだろう。俺がここにやってきた第一の理由は『リチャードを助けて』というメールだったが、次点は宝石だ。

それはもちろん、できることなら参加したい、と俺が述べると。

リチャードは俺の顔を見つめてから、目を逸《そ》らした。

「何だよ。どういうリアクションなんだ。俺は出ないほうがいいのか」

「半分、そう思っています。もう半分は、あなたの意見に賛成です。ガルガンチュワは良質な石の仕入れとクラフトワーク、いずれにも才能を発揮している歴史あるメゾンです。百周年ということで、ここでしか見られない作品も多数展示されている。是非《ぜひ》もなく、目を皿のようにして見ておくべきでしょう」

リチャードは中途半端な語調で言葉を打ち切った。それができることなら、という言葉が文尾に隠れている気がする。

オムレツのプレートを脇に退《の》けて、真剣な顔でリチャードを見つめ返すと、美貌《びぼう》の宝石商はくたびれた顔で笑った。

「なあ、大丈夫か？　突然押しかけてきたやつが言えたことじゃないけど、ちょっと……いつもと、雰囲気が違うよな？」

「当然でしょう。東京の銀座に即した私と、マイアミ沖の客船にフィットする私とは、まるで別の人間であるべきです。とはいえそれは外側の話であって、内側の話ではありません。あなたの前ではいつもの私のつもりですよ」

別に服や着こなしの話をしていたわけではないのだが。それはそれとして今日の服も潜入捜査中の警察官みたいでシンプルでかっこいいなと言うと、それはどうもとお礼を言われた。遠巻きに写真を撮りたくなる人間が続出する理由もわかる。わからないのは俺がショーに行くべきではないとこいつが思っている理由だ。それを説明してくれない理由も。

リチャードはまだ黙り込んでいたが、しばらくの間、いまだかつて誰も解いたことのない難解な定理にぶつかった数学者のように、微《かす》かな苦悶《くもん》の表情を浮かべ、ちらと俺を見て、また苦しんだ。何なんだ。はっきり言ってくれ。

「条件をつければ、あなたも出席してよいと考えています。しかしその条件が、非常に難しい」

今更何だ。俺は宝石を学ぶために日本からスリランカまで渡航した男である。向こう見ずさが自慢にならないのは百も承知だが、それに比べればたかだか数時間のジュエリー・

ショーの出席条件が何だというのだ。何でもできる。どんとこいというものだ。

俺が笑いながらそう告げても、リチャードの表情は晴れなかった。それどころか暗くなっている気がする。どうしてだ。船酔いではないと思う。

「その条件を、試しに言うだけ言ってくれないかな。会場では丁寧《ていねい》な英語以外絶対に話しちゃいけないとか、誰の目も見つめるなとか、そのくらいだったら、問題ないと思う」

「もう少し難しいかもしれません」

「何でもこい。確約はできないけど最善は尽くすよ。約束する」

「…………では」

約束できますか、とリチャードは前置きした。何をだ。

「何があっても、決して私を助けようとしないと」

は？

リチャードの言葉は、大真面目だった。青い瞳が俺を見ている。ブルーの中に吸い込まれそうだ。今はそんなことを考えている場合ではない。

「……どういうことだよ」

それは今後、船内で、お前がピンチになる可能性があるってことか、と俺が問い返すと、リチャードは空とぼけた顔で視線を逸らした。あるということだろう。それも多分に。

これは平和なジュエリー・ショーではなかったのか。

俺の頭は急速に研《と》ぎ澄まされていった。そもそもリチャードがここにいる理由は何だ。銀座の宝石商をカリブ海クルーズに駆り立てた動機は何だ。エトランジェで扱う価格帯の品物でもないのに。そもそもこのクルーズは望んで参加する類《たぐい》のものではなさそうだ。俺のメールに届いたようなインビテーション、つまり招待されなければ参加できない。では誰が？　誰がこいつをこの船に招いたのだろう。そしてリチャードが招待を受けた理由は何だ。船旅の一つや二つには、大して心を惹《ひ》かれそうにもない経歴の持ち主であるというのに。

俺の顔をじっと見つめたあと、リチャードは小さく噴き出しそうになったようで、顔を背けて口元を覆った。何なんだ。こっちは笑えるような心境ではないというのに。

「察するに、約束は難しそうですね」

「難易度の問題じゃないだろ。意味がわからないよ。どういうことなんだ。そもそも『助けない』ってどういう意味だ。お前を助けなきゃいけない状況になるってことなのか」

何しろ俺がここに来た目的は、まさにそれなのだ。

リチャードを助けてと。

メールの差出人がジェフリーだと百パーセント確信していたわけではない。だが俺の知っている限り世界で一番優しい男がもしかしたらピンチに陥《おちい》っているかもしれないと思ったら、まあ行ってみようかなというギアが入って歯止めがきかなくなった。危なっかしいと自分でも思うが、それでも俺の知らないところで大切な相手が危険な目に遭《あ》うよりはましである。

まだ笑っているリチャードは、軽く手を上げてフロアスタッフを呼ぶと、デザート・メニューの一番上に書かれていた、キーライムパイというものをオーダーした。それから水。かしこまりましたという返事と共に、巻き毛のお兄さんが微笑み、世間話をする。お仕事ですか、観光ですか。お仕事ですか、そうですか。できることなら彼も、リチャードの顔をもう何秒か余計に眺めていたいのだろう。サングラスを外したリチャードの笑顔の柔らかさを思えば気持ちもわかる。だが申し訳ないが、話の途中である。ちょっと自重してくれないかなと、俺がぶしつけなほどにっこりと微笑みかけると、雰囲気を察した彼は無言で去っていった。ありがたい。

「いつからそんな技を覚えたのですか」

「え？」

「人払いの仕方です。知らない間に少し大人になりましたね」

「……確かにちょっと感じ悪かったな。ごめん。何さまだよって感じだった」

「謝ることではありません。笑顔は最高の武器になります。誰も傷つけません」

「そう言われるとかっこいいな！　ああでも、お前の笑顔はどうかな、けっこう破壊力が高いんじゃないか。目が離せなくなって、階段から足を踏み外したり……あっ」

ごめん、と俺は言葉を継いだ。変なことを言ってしまった、本当にごめんと。

好きでこの顔に生まれてきたわけではないだろうに、それをまるでリチャードの責任か何かのように言うのは、失礼だし無神経だ。

美貌の男は微かに笑って、肩をすくめた。

「知っています」

いつもの優しい声だった。自分が美しいことを、ではない。俺の言葉に悪気がないことを知っていて、先取りして許してくれている声だ。無性に悲しくなる。

知っているというなら、無理難題を投げないでほしい。

助けるなと言われても、人間には向き不向きというものがある。

俺が困り果てた顔をすると、リチャードは俺の顔を見たまま、喉《のど》の奥でくっくっと笑った。こういう時こいつは鳩《はと》の鳴き声のような音をたてて笑う。

「結論が出ましたね。あなたは私の条件を守れない。然《しか》るにジュエリー・ショーに参加すべきではない」

「……意味がわからないって言ってるだけなのにな。まあでも、いいよ。お前がそう言うなら、多分そうなんだろうしさ。事情は言いたくなさそうだな。昨日、六日間部屋にこもってるつもりでいろって言ったのは、そういうことだったのか？　じゃあ仕方ないな。シヨーの最中は部屋で寝てるか。それともプールにでも行くかな。ウォータースライダーがあるっていうしな。タダだし、水着は貸してくれるし。ああ、ビュッフェで蟹《かに》を食べなきゃ。ロビーで説明を聞いてさ、楽しみだったんだ。楽しいことがいろいろありそうだな」

ダウト、というカタカナ発音の英語が俺に突き刺さった。トランプゲームなんかしたことがあったのか。わかっているなら見逃してくれ。リチャードには行かないよと言っておいて、こっそり紛れ込もうと思ったのに、それも許してもらえないということか。

本当に、真剣に、掛け値なしに、ショーで何が起こるのか説明してもらわないと、お前の注文したキーライムパイを、怪物みたいな勢いで横取りして全部食べてしまいそうな気がすると俺が告げると、リチャードは肩をすくめた。

「さあ。一寸先は闇《やみ》といいます。何が起こるのかなど、誰にもわからないのでは」

「やめてくれ。俺の心配はこれでもかってぐらいするのに、俺に心配させてくれないのは卑怯《ひきょう》だぞって、前にも言わなかったか」

「時と場合というものがあります。今回は本当に、あなたは来るべきではなかった。ハイジュエリーの精巧な輝きには、抗《あらが》いがたい魔力がありますが、それでも」

来るべきではなかった、とリチャードは繰り返した。

そんなシェイクスピアの戯曲みたいな台詞《せりふ》はどうでもいい。俺は説明を求めているんだと、静かに繰り返すと、リチャードは笑った。微笑みかけている相手は俺ではない。パイを持ってきてくれたお兄さんだ。十歳の子どものように嬉《うれ》しそうな顔をした、巻き毛のお兄さんは、ボナペティと言いながら、メレンゲ山盛りのパイを置いて去っていった。白い山の上には、ペーパークラフトの手つなぎ人形のように切られたライムが、くるくるカールして踊っている。俺のオムレツの皿はもう空っぽなのだが、彼が最後まで見ていたのはリチャードの顔だけだった。

「……『助ける』の種類によるって返事は駄目なのか。緊急だったら助ける、そうじゃなかったら助けない、くらいの」

「あなたにはその種類を区別するだけの目がありますか」

「あるよ。ガーネットとアンデシンだって見分けられるぞ。ちゃんとある」

「どうだか」

信じてもらえないらしい。当然のことではある。俺にも自信はないからだ。それでもリチャードの語調が、それほど厳しくないことに救われる。

一体どうすればいいんだと、どんよりした眼差《まなざ》しを向けると、海を映す丸窓の横で、美貌の宝石商は微笑んだ。何だろう。さっきよりもいくらか、開き直ったような笑みだ。

「ご心配なく。こんなことをお話しした以上は、あなたが梃子《てこ》でもついてくることは想定済みです。私はあなたの飼い主ではない。あなたの自由意志を縛ることはできない。わかったら、お静かに。私にも栄養補給が必要です。ふむ、これはなかなか」

「……それ、どういうパイなんだ？」

「フロリダ名物のキーライムを使ったパイです。フィリングの上にメレンゲを乗せた二層構造で、その上に薄くスライスしたライムを飾るのが一般的かと。作り方は存じませんが」

「同じの頼んでいいかな」

ご随意《ずいい》に、と言われたので、テーブルには早々にキーライムパイが二つ並んだ。もちろん水も。目の覚めるような強烈な甘みが、口の中から異文化を主張する。これはライムとコンデンスミルクの味か。再現はそれほど難しくない気がするが、健康を考えるなら、甘さはもう少し控え目にしたい。

「……あのさ」

「何です」

「最近、ちょっと、へこたれてたんだけどさ、ものすごい勢いで回復してるのを感じる」

「嘆かわしい。スリランカはああみえて甘味文化の豊かな国ですよ。戻ったら少しは、居住地から足を延ばしてみなさい。それにしてもシャウルの無精《ぶしょう》にも困ったものです」

そういう意味ではないことくらいわかっているだろうに、空々しい注釈をつけるものだ。そういうのは好きじゃない。好きじゃないのだが、別にそんなことを言わなくても、その程度のことは伝わっている自覚はある。俺が無言でパイをぱくついていると、リチャードは何故《なぜ》か、少し悲しそうな眼で俺を見た。ライムの酸味のせいではないだろう。

「……なあリチャード。こういうのは駄目なのかな。何かありそうなら、お前が部屋で留守番して、俺だけが」

「正義《せいぎ》」

「船酔いしたとか、怪我とか、あとはインフルエンザとか」

正義、とリチャードはもう一度呼んだ。取りつく島のない声、ではない。取りつく島はちゃんとある。だが取りついたところで結論が変わらないことも、最初からきちんと教えてくれるフェアな声だ。

何度見ても変わらない美しさの宝石商は、パイを食べる手を止め、俺を見ていた。

「あなたの自由意志を縛ることはできない。ですが、よく考えておくことです。私はあなたの今後の人生の飛躍を望んでいて、つまらない溝に足を取られて転ぶところなど、決して見たくはない。私が望むのはそれだけです」

「…………短気は損気ってことかな、今のは」

「考えすぎる必要はありません。それから、そうですね」

できればの話ですがとリチャードは最後に付け加えた。

「ショーの最中は、宝石だけを見ていなさい。職人たちが丹精込めて作り上げた、物言わぬ美の結晶を。そうすれば最初から最後まで、快《こころよ》い時間を過ごすことができるでしょう」

それだけ言って、リチャードは再び、パイをフォークで切り分け始めた。


十三時。ジュエリー・ショーはロビーフロアの階上、パーティにうってつけの大ホールで開催された。西洋の宮殿のような装飾的な回廊と広間が広がっている。白い胸像。ドレープの寄ったカーテン。ダンスパーティだって大真面目に開催できるだろう。天井からはブランドロゴの垂れ幕が下がり、シャンデリアが輝きを放つ。壁際にはソファとシャンパンと軽食。白と赤のフラワーアレンジメント。そしてスーツの警備員たち。

展示室に入る前には、腕時計とスマホとベルトを差し出して奇妙なゲートをくぐった。部屋の三方の壁にそれぞれ入り口があるのだが、チェックが厳重でちょっとした行列になっている。かと思えば奥の重役の顔見知りと思しき人たちは、ゲートがキンキン鳴っても素通りだ。これが顔パスというやつか。

俺の過去の経験の範囲内だと、雰囲気は東京のオークション会場、人の多さは就活の説明会に似ているが、参加者の顔ぶれの多彩さは比べるべくもない。白人、東洋人、黒人の比率はほぼ均等か、東洋人が一番多いだろうか。ドレスコートがあるため、全員がスーツかカジュアルなドレスである。もちろん俺も。今日のスーツは銀座でリチャードに見立ててもらったオーダーメイドだ。思えば初めてこれに袖《そで》を通したのは大学の卒業式だったが、二度目がフロリダの豪華客船になるとは思いもしなかった。

ゲートに守られた部屋の中には、博物館のような順路ができていた。壁際のショーケースの中に、綺羅星《きらぼし》のようなジュエリーが展示されている。

これもまた、リチャードが教えてくれた話だが、ガルガンチュワに限らず、ハイジュエリーの会社は、オートクチュールを手掛けるようなファッションブランドによく似ているらしい。テーマやモチーフを決め、長い時間をかけて作品を製作し、大々的に新作を発表する。もちろん作品一つあたりにべらぼうなコストを要するため、春夏秋冬ごとにコレクションを発表するわけではないそうだが、華やかな話である。モチーフはいろいろで、フルーツとか、おとぎ話とか、星座とか、人をわくわくさせるものなら何でもありのようだ。

付け焼き刃の知識の素人《しろうと》がついていけるかと緊張したが、ガルガンチュワの『今季』のモチーフも、とてもわかりやすかった。

トランプである。

一つめのショーケースの中には、ダイヤモンドのカードが展示されていた。プラチナ地金の四角い枠組みに、真っ白なダイヤモンドがびっしりとはめこまれ、オニキスの黒がスペードのエースを形作っている。後ろに申し訳程度にリングがついているのが見えるので指輪とわかるが、これを指にはめてどこへ行けばいいのか全く思いつかない。いや、テレビにうつるようなセレブリティなら、見る人をあっと言わせるアイテムとして使えるだろう。値札はついていないが、これが百万単位で購入できるとは思えない。めまいがする。これと同じものが、ショーケースの数を数える限り、あと二十四個は展示されているはずだ。指輪のタイトルは『プレイング・カード』。美術館の絵のように、それぞれのジュエリーのタイトルが、小さなカードで提示されている。

トランプというのは、日本におけるカードの呼び方で、英語では『プレイング・カード』と呼ぶそうだ。スペード、ダイヤ、クラブ、ハートの四つの柄は『スート』と呼ばれ、このスートのモチーフがあちこちに顔を出す。

超有名な絵画ばかりが展示された美術館に来たような気持ちで、俺は人波に乗ってのろのろとケースの前を進んだ。

二つ目のケースの中身は腕輪だった。細身の金のブレスレットは、パヴェという技法ではめこまれたメレダイヤで埋めつくされ、二センチ毎ほどの間隔で、四種類のスートの意匠が大きな敷き石のように顔を出す。スペードとクラブはつやつやのオニキス、ダイヤとハートはガーネットのようだ。ケースの中の大理石の手首は、同じブレスレットをまとめて三本つけていた。それぞれダイヤモンドの色が違う。白、ピンク、イエロー。カラーダイヤモンドは、ベーシックな白色のダイヤモンドとは比べ物にならない価格のはずだが、それをこれだけ大量に集めてきて一本にまとめるなどという行為が許されるのか。豪奢《ごうしゃ》の暴威だ。俺の隣を歩いている、雑誌記者か何かと思しき女性は、私ならこれが欲しいなと言っている。タイトルは『アリュエット』。隣の人と話している彼女曰《いわ》く、どうやらこれらのタイトルは、いずれもカードを使うゲームの名前であるらしい。

シュルレアリスム絵画のように、金属で造られた四つのスートがぐにゃぐにゃに溶けて一枚のカードの上でまじり合う、四角いブローチ。タイトルは『オンブル』。カードの白い部分は言うまでもなく、ぎっちりと敷き詰められたダイヤモンドだ。頭が混乱する。宝石は三次元の立体物のはずなのに、石と石のつなぎ目がまるで見えない。実は魔法使いを雇用していますと言われたら信じたくなってしまいそうだ。

絶妙に斜めや逆さまになった四つのスートが、クリスマスツリーの飾りのように垂れさがるチョーカー。タイトルは『ジン・ラミー』。チョーカー部分はオニキスとダイヤモンドをツートンにはめこんだチェス盤のような仕様で、スートは取り外し可能。キュートだ。素材がダイヤやゴールドではなかったら、パンクの好きな女の子によく似合いそうな気がする。

そういうものがえんえんと続いている。

ため息や、息をのむ声があちこちから聞こえてくる。

輝きにつぐ輝きで目がくらみそうだが、照明が絶妙に調整されていて、決して下品な輝きにはならない。

眺めているうち、俺は徐々に何も考えられなくなった。放心状態に近い。

宝石は鉱物だ。喋らない。英語も日本語もシンハラ語も関係なく、全ての人を美しさで魅了する。そしてここにあるのは、そういう宝石たちを、もっと美しく、もっと魅力的に、もっと魔性の力を放つようにと、熟練の職人たちが全精力を傾けて作り上げたハレム、あるいは総合格闘技のリングだ。方法論は問わない。ムエタイだろうが柔道だろうが構わない。路線がパンクだろうがエレガントだろうが構わない。勝てばいいのだ。美しければいいのだ。魔法の力を使ったとしか思えない瀟洒《しょうしゃ》な金細工や、大量生産品と見まがうほど粒ぞろいの天然ダイヤモンドに、顎《あご》が落ちるような値がついたとしても、それを買える人物に「これがほしい」と思ってもらえればいい。

同じものはこの地上に二つとないのだから。

ハイ・エンドという言葉の意味を、俺はまざまざと思い知らされた。ベルサイユ宮殿に観光に赴《おもむ》いたら、中からかつらをかぶりドレスを着たマリー・アントワネットが出てきて、今日のおやつは何かしらとドレスの裾《すそ》を翻《ひるがえ》しているのを目《ま》の当たりにしてしまったような気分である。違う世界の住人を垣間見た感覚だ。一つ一つの宝石も美しい。手芸用品店で買えるビーズとはわけが違う、自然の産出品だというのに。

展示の内容はジュエリーそのものに限らず、見下ろす位置にあるショーケースの中には、クラフトマンの手元を映し出す、映像展示も存在した。職人の顔は見えないが、ごつごつした手がピンセットで地金にダイヤモンドをはめこんでゆく様子や、実際のジュエリーをつくる前に模型を製作する様子などが、二分ほどケースの中の画面で再生される。映像が消えるとクラフトマンが製作していたブローチがケースの中から浮かび上がる。四つのスートがめちゃくちゃに配置された架空の札のブローチで、タイトルは『トリック』。凝《こ》った仕掛けだ。

ゆっくりとケースの前を歩きながらも、俺は最後の箱の前にたどり着いた。

その品だけは、他の展示品とは扱いが違った。三百六十度ぐるりと見られるように、円柱形のケースの中に一つだけ、透明な板に貼りつけられて展示されている。

指輪だった。

最後の最後、大トリとして待ち受けていたのは、俺がこの船に乗り込んだ時、垂れ幕で目にしたあのジュエリーだった。ハートシェイプにカットされたルビーと、それを抱く彫金細工の女性。ほっそりとしているが肉感的な腕と、つまようじほどの細さなのに、きちんと関節が存在する指や手の甲。ふっくらとした鼻梁《びりょう》。閉じられたまぶたから伸びる長い睫毛《まつげ》と、小さな唇の夢見るような微笑み。ため息が出る。ダイヤモンドの散りばめられた髪の毛が、優美に渦を巻いている。遠くから見ると甘い塊《かたまり》を金色の渦巻きが囲んでいるようだ。どのくらいの縮尺なのかと気になっていたが、想像以上に巨人だった。タイトルは『ハートの女王』。予想通りの名前だ。

こちらのルビーは五十・四二カラット、モゴック産ですと、ケースの隣に立つ社員さんが微笑み教えてくれる。モゴックというのはミャンマーの地名で、最上のルビーが産出すると言われている場所のはずだ。五十カラットのルビーはうずらの卵より大きい。同じくらいの大きさの、ハート型のキャラメルがあったような気がする。比較的大粒の石が手に入りやすいアメシストやアクアマリンならまだわかるが、この大きさのルビーを見るのは初めてだ。しかも透明度、色、照り、いずれも申し分ない。よどみのない血のような赤だ。

十五カラットくらいある傷だらけのルビーなら、シャウルさんに見せてもらったことがあるが、これはそういうものとは全く別次元の世界の宝石だろう。

恐ろしいことに、一億円でも買える気がしない。

俺はそっと、つかぬことをおうかがいしますがと、円柱形のケースの横に立つ社員さんに数字を尋ねてみた。返事は俺の想像を超えていた。三百二十万ドル。ゼロを二つつけてみよう。三億二千万円。笑ってしまいそうになる。三百万ドル、はあ、と俺が驚くと、いえ三百二十万ドルですと笑顔で訂正してくださった。ありがとうございます。でもその部分があってもなくても、大抵の人にはこの指輪は買えないだろう。

でも造るのだ。

何故なら美しいから。

そして世界中の九十九パーセント以上の人間には、全く手が届かないとしても、ほんの一握りの人間には、これを購入し、資産として管理することができることを、創業百周年を迎えるこの会社は知っているから。おとぎ話の世界より、遠い遠い世界の話だ。

金額のことはひとまず忘れ、俺は再び指輪に視線を移した。石の素晴らしさもさることながら、細工も見事の一言である。

大粒のルビーと、石を抱く女性。彼女が女王なのだと始めは思ったが、見れば見るほど違う気がしてくる。このルビーこそ、人間ではないものの『女王』で、彼女はそれを守護する、宝石に仕える存在なのではないだろうか。ケースの周りをぐるりと回って観察する。リングの部分は、彼女の髪で造られているというコンセプトのようで、細い毛束が寄り合わさって輪になったように見える細工がほどこされている。どの角度から眺めても違う驚きを与えてくれる造形だ。人間とジュエリーが違うのは百も承知だが、この隙のなさには、俺の上司に通じるものを感じる。本当に絵画や塑像《そぞう》の鑑賞をしているようだ。美術館との最大の違いは、作者の名前が書かれていないことだろう。

俺は『ハートの女王』他、全てのジュエリーのクリエイターたちに、心の中で深く頭を下げた。さっきの映像展示を思い出す。石を見つける人、石に合わせてデザインを描く人、デザインを3Dに起こす人、模型をつくる人、石をはめこむ人、最終調整をする人、きっと他にもたくさんいるだろう。多くの人の手を経て、石はジュエリーになる。

美はただの概念だが、人の手を経ると概念が形を帯びるのだ。そして俺のような、ここ数年で宝石に触れ、最近ようやく学び始めたような人間の心にも届き、叫びたくなるような感動を催《もよお》させる。すごいことだ。本当にすごいことだ。そしてありがたい。俺一人では見ることのできない世界を、確かに見せてもらっている。

全ての事情を投げ捨てて、ここに来られてよかったと、俺は心から思った。

列が混雑してきたので、俺は別室へ移動した。展示室と繫《つな》がった隣部屋に、まだあまり人のいない立食コーナーがあり、休憩室のように運用されているのだ。部屋と部屋の間、それほど広くもない『つなぎスペース』には、現在進行形でカウンターが設営されているところで、警備員立ち合いのもと、小さなジュエリーを社員さんが陳列していた。どうやら顧客向けショーの際にはそこで実売展示を行うらしい。じろじろ見ると嫌な顔をされそうなので、俺は足早に立食スペースへ立ち去った。

ローストチキンのはさまったサンドイッチと、スペインふうのオムレツを白い皿に取り、シャンパンは遠慮して、がらがらのソファに腰を下ろす。少し距離を置くと、広い展示室の全体がよく見えた。所々で不思議なざわめきが広がっている。ジュエリーに対するリアクションではない。顔を上げた時、何かが目に入って、うわっと身じろぎをする人々の姿が、さざなみのように広がっているのだ。

リチャード。

いつぞやのタキシードほどの『武装』ではないが、ビジネスマンとしては満点以上の着こなしで、美貌の男は姿を現していた。シルクサテンのブラックのスーツに、ロイヤルブルーのタイ。あれがいきなり背後に出現したら、それはもう驚くだろう。叫び声が聞こえてこない分、みんな頑張っていると思う。

ショーの間の行動は、リチャードによって決められていた。ノー・コンタクト。接触しない。他人のようにふるまう。俺はハイジュエリーを見て知見を広げ、リチャードは同業者と顔を繋いだり情報を集めたりする。好きな時に俺は引き上げていい。

助ける、助けないなどというふわふわした言葉は一度も使われなかったが、わかりましたねという念押しの意味がわからないほど鈍くもなかった。

何が起こるのか、まだ俺にはわからない。

「お食事中に失礼。楽しんでいますかな？」

「え？」

振り向くと、猛烈に近い場所にキラキラ輝く青い瞳があり、俺はぎょっとのけぞった。キューピー人形のようなつるりとした頭と顔。頰《ほお》周りに微かな白い無精ひげ。白地に黄色と緑の幾何学模様のスーツ。きれいさより奇抜さに寄ったデザインだ。

俺はこの顔をどこかで見たことがある気がする。船内雑誌だっただろうか？　そうだ、ガルガンチュワの理事だ。この船の持ち主で、名前は、ええと——まずい。思い出せない。名札もつけていない。

「セイジ・ナカタさん。あなたと同じ名前の指揮者を知っている。彼のモーツァルトはいい」

「ありがとうございます。でも俺の名前はセイギなんです」

似てますけどね、と笑いながら、俺は自分のネームカードを差し出した。名前。この人の名前は何だったか。こんな状況は想定していなかった。

仮称ミスター・ガルガンチュワは、俺の手をくるみこむように握手を繰り返し、うんうんと頷いたあと、笑顔のまま奇妙なことを言った。

「よろしければ、あなたのお皿から何か分けてくださいませんか？　あなたのテイストを知りたい」

えっ。

立食テーブルからとってきた、オムレツとサンドイッチを分けてほしいということだろうか。いや、だって、すぐそこにまだ、いくらでもあるというのに。

状況判断が難しい。これは重役のサービスというやつなのだろうか。大会社のお偉いさんが、見るからに下っ端らしき相手のところで時間を使う。アメリカならあるかもしれない。自由と平等の国だ。じゃあサンドイッチを食べますかと、俺がフォークで小さく切って差し出すと、仮称ミスター・ガルガンチュワは何故か大口を開けて笑った。周りの人が困惑した顔で俺を見ている。困っているのは俺も同じだ。これは大丈夫なんですかと、ガルガンチュワの関係者にも視線を向けるが、彼らは俺を礼儀正しく無視した。自分たちは彼に文句を言える立場ではないんです、と硬い表情が語っている。いろいろな苦労がありそうだ。

六十歳は超えているであろうと思われる、ピンクがかった肌の男性は、チキンリンドをよく噛《か》みすぎなくらい時間をかけて賞味し、唇に笑みを浮かべた。何だろう。俺はこの微笑みは、あまり好きになれない気がする。

「ふむ、大変おいしくいただきました。ありがとう、セイジさん。やはりあなたに選んでもらって正解だった。私たちの食べ物の趣味は、非常によく似ているはずですから」

セイギですと訂正する前に、俺は言葉の意味を考えた。食べ物の趣味？　俺の知らない英語のイディオムだろうか。あとでスマホで調べよう。だがその前に。

「……すみません、お名前をおうかがいしてもよろしいですか。度忘れして」

就活生が会社の社長に尋ねてはいけない質問ナンバーワンである。教えてはくれるだろうが、リサーチ不足でお祈りメール確実だ。だが幾何学模様のスーツの男は、目を見開いて豪快に笑った。まるで俺に、何かのチャレンジを受けたような顔で。

「アメン・カールスブルック。いやはや、名乗るのは久しぶりだな。『ガルガンチュワ』は私の祖父のつくりあげたブランドで、今の社長は私の息子です。本日はようこそ、私たちのショーへ。まさか本当に来ていただけるとは思わなかった」

ますますわからない。俺はただの宝石商見習いで、この部屋の中で一番の『いてもいなくてもいい人』であるはずだ。それが何故こんな、誰も彼もが顔を繋ぎたがるような人に絡まれている。いや。

俺の周囲の人々には、特にこの、アメン理事と顔を繋ぎたがっている様子はない。ただ、何も起こっていないかのように、それぞれの仕事をこなしているだけだ。ジュエリーを見たり、配膳《はいぜん》をしたり、営業トークをしたり。

この人はひょっとして家族や社員とうまくいっていなくて寂しいのかなと俺が勝手な想像をめぐらせていると、アメン氏は俺の顔を見て笑った。やはりこの微笑みはあまり好きになれない。

「もうお下がりになっても構いませんよ。そのほうがあなたの名誉のためかもしれない」

どんな顔をすればいいのかわからなくなってきた。リスニング・スキルに深刻な問題を抱えているとしか思えないことを言われている。どういうことですかと俺が首をかしげていると、アメン氏は乾いた笑いを漏《も》らし、飲み終わったシャンパングラスを俺に預けると、何も言わずに俺の前から去っていった。

新人への歓迎？　違う気がする。あれはどういうことだったのか、誰かに質問してみたい。俺は適当なアジア人のお客さんをつかまえ、中国人ですか、いえ日本人ですというお馴染みの自己紹介セッションを交わし、さっき体験した不思議な邂逅《かいこう》について聞いてもらった。彼はシンガポールから来たジュエリー・カンパニーの社長さんらしい。アクセントはきついが、わかりやすい言い回しで喋ってくれる。

「アメンさんは、あれだよ、日本で言うバブルの時代の社長みたいな人。お父さんより頭がキレたし、今のブランドの礎《いしずえ》を造ったって自負があるんじゃないのかな。何でも一人でやろうとしてしまうし、景気が今ほど悪くなかった頃は、実際一人で何でもやれていた。今もまだ経営にはかかわっているみたいだけど、昔ほどじゃないらしいね。懐かしいパフォーマンスのつもりだったんじゃないの」

「『バブルの時代』って、シンガポールでも通じるんですね！」

「通じるよお。日本のトレンディ・ドラマだって昔は放送していたんだから」

日焼けした肌の社長さんは、俺と名刺を交換してくれて、ああスリランカの会社なのかと何度か頷き、笑った。

「面白い。日本人がスリランカ人を雇っているのは見るけれど、逆は少し珍しいね」

「うちの会社が面白いんですよ。まだ俺は見習いなんですが、いろいろ教えてもらっていて」

「おお、大事に育てられてるってことか。若くて羨《うらや》ましいな。でもまあ、用心するにこしたことはないよ。どんな業界でもそうだけど、きれいな部分ばかりじゃないからね」

ほら、と彼は背後を顎でしゃくった。

促《うなが》された先には、アメン氏が立っていた。隣にいるのは——

「どうしたの？」

声が遠くに聞こえる。反応する余裕もなかった。

アメン氏の隣にいるのは、俺のよく知った男だ。

リチャード。珍しい。あんなに近い場所で接客をしているところなんて初めて見た。多分接客ではない距離だなとわかったが、頭が理解するのを拒否した。

アメン氏はリチャードの右隣に立ち、彼の奇怪なスーツの左腕は、リチャードの黒いスーツの腰に絡みついていた。ウエストに添えられた手が、時々ぬめっと動き、上着のスリットの隙間からのぞくシャツを撫でては、そのたびリチャードの顔を覗《のぞ》き込む。一人では立っていられないほど痛飲してしまったという雰囲気でもない。不思議だ。背筋を炎のようなものが駆け抜けてゆく。狼男に変身する人間は、月夜にこんな感覚を味わっているのだろうか。俺が俺ではなくなりそうな気がする。

何をやっているんだ、あの高齢者は。

いやわかる。もちろんわかる。彼は触りたいものを触っているだけだ。物の道理がわからない子どもが、皿から手づかみで料理を摑《つか》み取り、口に運ぶように、原始的な欲求に従って行動しているだけなのだ。

それはわかる。わかるのだが、何故そんなことをしているのかがわからない。

そもそもあの表情は何だ。どうして俺の上司の顔を、あんな蛇がまとわりつくような顔で至近距離から眺めているんだ。俺のことも割合近距離から眺めてきた気はするが、視力に問題があるのだろうか。誰かすぐに眼鏡を持ってきてあげてほしい。いや明らかにそういう問題ではない。ただ彼は、リチャードの顔を、傍から見たいだけなのだ。

それを誰も邪魔しない。

まあそういうこともあるよねとでもいうような、あるいはそこで誰も困っていないような、わけのわからない空気が流れている。ショーケースの中のジュエリーはとても美しくて、みんな目を逸らした時に眺めるものを探す必要もない。ダイヤモンドはきらきら輝き、オニキスはつやつやで、俺の上司はセクハラを受けている。

本当に、何なんだ。

意味がわからない。

動けなくなっている俺の隣で、シンガポールの社長さんが苦笑していた。

「本当に、あの人は何なんだろうね？　部屋に入ってきた時から目立っていたけれど、ガルガンチュワの関係者でもないみたいだし、かといって業界の人にしてはちょっと、きらびやかすぎるし、でも彼の他にああいう雰囲気の人はいないし……」

「ああいう雰囲気の人ってどういう意味だかよくわからないです。きらびやかな顔に生まれたくて生まれたわけじゃないと思います」

「あっ、君の知り合いなの？　なんだ、普通の人なんだ。ごめんごめん。じゃあ」

そう言って彼は去り、新しい商談の相手と早口の英語で喋り始めた。俺はそれどころではない。リチャードは歩きながらアメン氏をあしらおうとしているが、人が多すぎてなかなか早くは歩けない。俺が空っぽの皿を置いて距離を詰める間にも、リチャードは数メートルの移動の間で二回、意味もなく歩く方向を変え、さりげなく腕を振り払ったが、アメン氏もひたりとついてゆき、また腰を抱いた。俺の手からはそろそろ鉤《かぎ》づめが生えてきそうだ。だから、本当に、何なんだ。その髪の毛の少ない頭の中には大事なものがちゃんと詰まっているのか。一度中身を開けて確かめてみたらどうだろうか。そんなことを考えていると。

「わっ」

「申し訳ございません」

誰かが俺の足を踏んだようだった。感覚があまりない。語調だけ丁寧な謝罪の声が背後から聞こえる。うっかりしてくださった誰かに、俺は感謝すべきかもしれない。そうでなければ手近なところにあったシャンパンクーラーを掴んでいたと思う。中には氷がたくさん入っていて、大事な相手がひどい目に遭っているような時には、いろいろな活用の用途が考えられる品物である。たとえば頭を冷やしたほうがよさそうな誰かの頭上で逆さまにするとか。それを実行したが最後、俺はただでは済まないだろうが。

助けるなと言われてはいたが。

どういう状況が想定されるのか、リチャードは教えてくれなかった。考えたくもないことだが、俺があいつの立場でも、説明するのは嫌だと思う。しかしあいつはこれを想定していたのだ。誰も助けてくれないことも含めて。

誰も彼もがリチャードとアメン氏を無視している。困っている人がそこにいるだろうと日本語と英語と激しいボディランゲージで主張したいのだが、全員特定の人物だけ見えなくなる魔法でもかけられているのか、反応すらしない。何なんだ。本当に何なんだ。この船の名前は『海上の理想郷』だったはずだが、地獄《じごく》の間違いではないのか。不用意に距離を詰めたせいで聞きたくもない声が聞こえてくる。アメン氏は俺と喋っていた時より、おさえたトーンのまろやかな声で喋っていた。

「そういえば最近読んだ本に、こんなことが書かれていたよ。『神は便利で、有用なものをおつくりになり、悪魔は美しく、危険なものをつくった』。思うに君ほど悪魔が力をこめてつくりあげた芸術品は他にあるまい。最後に会ったのはロイヤル・オペラハウスだったかな？　君の美しさは息をのむほどだ。変わらないどころか磨きがかかったのでは？」

「このたびは百周年のお祝いにお招きいただきまして、誠にありがとうございます。ご挨《あい》拶《さつ》をさせていただきたかっただけですので、どうぞお構いなく」

「とんでもない。私は君に構いたい。今夜という奇跡に感謝しよう。どれか気に入ったものはあったかね。つけてみたいと思うものは？　どれも女性の顧客を想定したデザインだが、究極の美は常にユニセックスだ。男がつけても女がつけても美しいものは美しい。ただその美をまとう人間が、美に値するか否《いな》か、問われるのはそれだけだ。私は美しいものが好きだ。美しいものが欲しい。美しいもの以外は欲しくない。その点君ほど私のようなコレクターの所有欲をかきたてる存在もあるまい」

アメン氏はとても嬉しそうだった。久しぶりに会いたかった人と会えて嬉しいという顔ではない。クリスマスのおもちゃ屋にやってきた五歳の子どものような顔だ。物欲の塊である。頑張って覚えたが、多分一生こんな単語は使わないなと勝手に思っていた英単語がばしばしと頭の中から浮かび上がっては、嫌な言葉を翻訳してくれる。全く嬉しくない。

怒るなと俺は自分に言い聞かせた。大学三年の時、記憶がとぶほど嫌なことがあったあと、ジェフリーが俺に紹介してくれた東京の先生が、そういうことを教えてくれた。怒りはコントロールできて、アメリカではそのマネジメントが子どもの頃から学ぶものになりつつあるとも。怒るな。怒りは問題を解決しない。クールダウンした頭で考えるのだ。

割り込むか？　それは助けることに当たるのか？　当たるかもしれない。仮にの話だが、ラナシンハ・ジュエリーがあのアメン氏に、俺には言えないような額の借金を背負わされていたらどうなる。俺の一存で会社を潰《つぶ》すようなことになるかもしれない。実家が貴族の男に負債なんかあるはずがないだろうと俺の理性は怒鳴っているが、他にもっと説得力のありそうな理由が思いつかなかった。じゃあもう割り込もう声くらいはかけようどうなってるんだと睨《にら》むくらいは許されるだろうと胸の奥が怒鳴っているがまだだ。可能性を全て考えてから行動するのだ。

リチャードは顔をそむけたが、アメン氏の顔がこりずについてゆく。やめろ。やめろそんなことをするのは相手にとても失礼だろう。子どもでもわかる。しかしそんなことをただ思っていたって伝わるはずがない。だから彼はやめないし、誰も止めない。

腸《はらわた》の奥で燃え上がる何かが、コントロール不能になりかけた一瞬。

リチャードと目が合った。

その時のリアクションは予想外だった。俺がよほどひどい顔をしていたのだろう。美貌の男はほんの刹那《せつな》、噴き出しそうになり、おっといけないというふうに口を覆った。笑った。リチャードが。助けてくれという視線を向けられたら、もう船から放り出されようが知ったことかのシャンパンクーラーコースだったと思うが、少しほっとしてしまった。まだあいつにはいくらか、余裕があるのだ。

少し息がつけただけで、全く、嬉しくはないのだが。

そもそもリチャードは何故逃げない。展示室を出て走ってゆけばいい。何故このろくでなしの親玉に付き合っているのだ。そうしなければならない理由があるのか。だから俺に助けるなと言ったのか。何故？　何のためにそんなことを？　理解できない。

かといってここを立ち去ることもできない。駄目だ。こんな状況のリチャードを見捨てて立ち去るくらいなら、立食テーブルのシャンパンクーラーを全て頭からかぶるほうがましだ。

俺は壁際のテーブルに頬杖を突き、二秒に一回ペースで自分の額を殴った。異様である。前を通る人たちが、あなたちょっとどうかしてるわよという目で俺のことを睥睨《へいげい》してゆく。自分でもそう思う。申し訳ない。しかしこうでもしないと頭が冷えない。このまま続ければ警備員につまみだされるのも時間の問題だろう。しかし他にどうしたらいいのかわからない。飲みすぎた人とでも思ってほしい。

リチャードのほうを見る。アメン氏はまだつきまとっている。誰も助けない。左腕で背中を抱き、体を擦り寄せる仕草が不愉快だ。目を開けているだけで精神がかんながけされてゆく。

まだか。まだ終わらないのか。俺の神経が先に参ってしまいそうだ。

一分か二分に一回のペースで目が合う。青い瞳が投げてくるのはSOSではなく牽制《けんせい》球《きゅう》ばかりだ。目が合うだけで何もできない。俺は苦肉の策として、大学時代の飲み会方式で乗りきることにした。鬼になった者は目が合った相手を変な顔で笑わせて、噴き出したら次の鬼になり、宴会の終わりの鬼が割り勘の端数を持つという、いかにもダメな男子大学生の遊びである。伊達にあの洗礼を生き抜いていない。見るだけで笑える顔のレパートリーはいろいろある。絶対にこんなことをすべき局面ではないことはわかっているが、俺も俺なりに必死である。そうでなければ俺は誰も笑ってくれないただの鬼になってしまいそうな気がする。

二回目くらいまで、リチャードは何も見ていないふりをした。理解できなかっただけかもしれない。三回目で俺の意図に気づいたようだ。四回目はやめろというようにまばたきをしたが、俺はやめなかった。そっちだって俺に相当な我慢を強《し》いているのだからお前だって同じ苦しみを味わえという根性悪な気持ちが通じたかどうかはわからない。

六回目。美貌の男はついに肩を震わせた。アメン氏が怪訝《けげん》な顔をする。

「どうかしたのかね?」

「いえ、何でも」

七回目。ついに宝石商は口元を覆った。おほんおほんと咳《せ》き込むふりをして、笑いを噛み殺している。アメン氏もとうとう相手が何か別のことに気を取られていると気づいて、きょろきょろあたりを見回し始めた。左腕が離れる。そろそろ正念場かもしれない。

「あっ! あんなところで、イルカが跳ねてる!」

えっという声があちこちであがる。あそこです、あそこですと、俺がゲートの向こう側の、窓があるのかないのかもわからないような場所を指さし手を振り回すと、酔っぱらった誰かが確認に出て行った。麗《うるわ》しいドレープの寄ったカーテンの向こうには確かに窓があり、海原が一望でき、おりしもそれらしい小船か何かの影がよぎった。ありがたい。不注意な方々が本当だと声をあげ始めた隙に、俺は展示室を高速で歩いた。

リチャードの背後に回り込み、やたらと密着体勢をとりたがる誰かとの間に体を押し込んで、スーパーのカートでも押すような勢いで、俺はリチャードを押して部屋を飛び出した。それほど目立たなかったことを祈りたい。

最後にちらりと振り向いたのは、追いかけてくる人間がいたら走らなければと思ったたからだ。幸いそんなことはなかったのだが。

おかしなことに、小柄なスーツの老人は、俺のことを見て、笑っていた。

ずっと俺だけを見て。

嫌な顔だ。何だろう。追いかけてくる様子はない。俺は微笑み返すこともなく、顔を背けると、がらんとした廊下をデッキに向かって歩き続けた。


「あー」

「正義」

「うわー」

「深呼吸」

「ううーっ」

「もう一回」

「はあーっ」

「もう一回」

「やってるよ。少し黙っててくれ……ああーっ」

呼吸というものは、ただの生理的な現象ではなくて、井戸から水を汲《く》みだす行為にも似ている。長細い暗がりにバケツを放り込み、よく見えない奥底深くから何かを汲み取ってきて、外に出す。排出するものは二酸化炭素に限らない。世の中の不条理とか、わけのわからない苦しみとか、そういうものを少しでも外に出して空気に中和させて流してしまいたくて、人はため息をつくのだと思う。今の俺のように。

明るい南国の日差しが差し込む二階のデッキは、昨日俺がさまよった一階とほぼ同じ構造をしているようだったが、幅が少し広く、日光浴のできそうな寝椅子やパラソルも完備されていた。こういうところでゆっくりする権利も、アメン氏が買ってくれたものだというのなら、謹《つつし》んでここから救命ボートで元来たほうへ引き返させていただきたい。そんなことをしたら海難事故になるだけだやめろと頭の中の理性は冷静に主張しているが、まだ完全にクールダウンできたわけでもない。

誰も寝ていない寝椅子の一つに腰を下ろし、飲みすぎたサラリーマンのように眉間《みけん》をもみほぐしていると、隣に誰かが座ってくれた。背中を優しく叩いてくれる。やめてくれ。立場が逆だろう。

「何だあれ。しんどすぎるだろ。何だあれ」

「何だと言われましても。ああいうこともあります」

「……今、適切な日本語を思い出してるところだから、待ってくれ。まだ喋れない」

「英語でも構いませんよ」

サンキューベリマッチとカタカナ発音で返すと、リチャードはまた笑ってくれた。小さな笑い声が聞こえるごとに、少しずつ、心があるべき場所に戻ってゆくのを感じる。俺が動転してどうするという気持ちも増す。落ち着け。そしてリチャードを見ろ。

美貌の男は、少し困ったような、しかしまだこわばりを残した笑顔で、俺を見ていた。無性に悲しくなる。

「……何でこんなところに一人で来なきゃならなかったんだ。どうして」

「アメン氏と私は遠縁の親戚にあたります。過去に数回、顔を合わせた程度の関係ですが。このクルーズへの招待は、私の家から私個人に回ってきた案件でした。私が宝飾品関連の仕事に就いているということを知り、個人的に『久しぶりに会って話がしたい、白周年記念の招待状を送るから』と。断れるものなら断りたかったのですが」

「それとこれとは全然別の話だろ。『ハーイ』って言って帰るのは駄目なのか」

リチャードは軽く肩をすくめた。何でも彼は、最近生じた家のトラブルに関して便宜《べんぎ》をはかってくれたらしく、是非お礼の気持ちを伝えてくださいというオーダーを受けたという。誰がそういうことを言ったのかリチャードは話さなかった。賢明な判断だろう。リチャードをご進物くらいの軽さで取り引き材料に差し出す輩《やから》がいると知ったら、俺が何をしでかすかわからないと思ったのかもしれない。だがそれよりも。

「あのじいさんは俺のことを知ってたよ。ひょっとして最初から俺にも招待状が来てたんじゃないのか」

でもお前が見せなかったんじゃないのか、とは言わなかった。でも今の言葉だけでも、十分責めるような響きになってしまっただろう。後悔する間もなく、リチャードは言葉を継いでくれた。

「彼がどのようなルートでエトランジェの従業員に関する情報を入手したのかは不明ですが、確かにあなたの分の招待状も、私のメールボックスに送付されていました。ご一緒にどうぞという意味でしょうが、部屋割りが二人で一部屋でした。私は親しい間柄の相手との旅でも、ホテルは個室での滞在を好みます。昨日の手配はそのためですよ」

「ううーっ」

「深呼吸。私が思うに、彼のモラリティは、二十年ほど前の最低基準で更新が停止された上、経営の第一線を退《しりぞ》いてからは悪化している部分もあるようです。ご息女の苦労がしのばれます。万が一の事態を案じて、あなたを誘うことはしませんでした。海上には逃げ場がありません。差し迫ってこのショーに招く必要もなし。催しの存在を知らせないことが最適と判断し、黙っていました。私は何か間違ったことをしましたか」

「……してないよ。俺に対してはしてない」

　俺に対しては。

　リチャードは言葉の意味も、言葉にしなかった部分の意味も、同じようにすくいとってくれたようで、微かな笑みを浮かべた。慣れています、とはもう言っていない。強いて言うなら、ご心配をどうも、くらいだろうか。つらすぎるが俺も落ち着かなければならない。深呼吸だ。吸って吐く。俺は狼男ではない。いつもの中田《なかた》正義に戻るのだ。操縦桿《そうじゅうかん》を握れ。

「……誰があのメールをくれたのかまだわからないけど、ここに来られてよかった」

「困っている私を笑わせるのはそんなに楽しかったのですか」

「違う。俺が今ここにいなかったら、お前、何も言わなかっただろ。だから、来られてよかった。すごいな。地獄って本当にあるんだな。意味がわからない。何でみんな見えないふりするんだ。何なんだあれ」

　リチャードは短く、人間は見たいものだけを見る生き物だと、英語で告げた。古代ローマの武将の言葉だったと思う。リチャード先生の英会話講座で教えてもらった記憶がある。困っている人を助けたら自分が困った状況になると予想される時、困っている人をいないことにする能力を、一言で言うとそうなるらしい。俺にもきっとあるのだろう。俺が気づいていないところで、まあ仕方ないと割りきる、フィルターのような能力が。

ただ、被害に遭っているのが親しい人物である場合は、そのフィルターが薄まるだけで。

「私は楽しかったですよ」

「……は……？」

「勘違いしないように。私を笑わせようとするあなたの顔を見るのが、とても楽しかった」

それ以外のことは楽しくありませんでしたが、とリチャードは短く付け加えた。しかしその響きから、俺は何となく、薄々わかってはいたが、理解したくなかったことを悟った。

よくあることなのだ。

この顔で、三十年近く生きてきたこの男には。

道ゆく人が振り返るようなシルエットと、輝く金色の髪と、忘れられない青空色の瞳と、誰より優しい微笑みで彩られた、俺の知る限り世界一の美貌の持ち主には。

こういうことはよくあることなのだ。

そして、ひとめ見るだけで心奪われるほどの容貌の持ち主が、見るからにひどい事態に直面していても、彼をよく知らない人間のリアクションは「あれはどういうタイプの人なのだろう」になりがちで、「あの人を助けなければ」にはならない。

死にたい気分になる。

「ううーっ」

「心不全でも起こすつもりですか。深呼吸」

「やめてくれ。俺の心配なんかする必要はこれっぽっちも」

「逆にお尋ねしますが、この状況であなたの心配をしない私を、あなたは想像できますか」

「…………できない」

「ではそういうことです。水をもらってきましょうか」

「……いや、もう大丈夫だ。今ので大分目が覚めた。一応質問させてくれ。またあのホールに戻る必要はないんだよな。俺かお前か、どっちか一人いれば、それで済むくらいの用事しかないよな」

「ひととおりの『義理』は果たしました。残りの期間は客室で読書でもしています」

俺はガッツポーズを作った。この数十分の間で最高に清涼感に満ちた気持ちだ。リチャードが残り四日間の面倒を全て俺に押しつけたとしても喜んで従うだろう。ついでにお茶もいれよう。欲しいと言われなくてもキーライムパイも差し入れよう。

それにしても、世の中にはこの手のニュースが飽和《ほうわ》していることが、改めて空恐ろしくなる。被害者のつらさは想像するにあまりあるが、その人を大事に思っている相手もぼこぼこに傷つくことを、セクハラをする人間どもは想像したことがあるのだろうか。敬虔《けいけん》な仏教徒のハウスキーパー、クマーラさんと話していると仏教道徳の世界観の身近さにおののくが、そいつらは来世で一体何に生まれ変わるつもりなのだろうか。

「読書だけじゃ飽きるだろうから、部屋のフィットネス器具をフル活用するのもいいかもな。びっくりしたよ、ランニングマシーンとサンドバッグがあってさ」

「では部屋を交換しましょうか。私の部屋にはベンチプレスが――おや、ろくでなしの穀《ごく》潰《つぶ》しから電話です。ようやくですか」

つまりジェフリーのことだ。宝石商は展示会の最中、オフにしていた端末の電源を入れ直したところだった。俺も慌てて自分の端末を取り出した。メールくらい入っているかもしれない。

「もしもし」

『もしもしジェフリーです。うわあすごい。さっきまでフランス語を喋ってたのに今度は日本語だ。僕ってワールドワイド』

「本題を」

『ごめん。中田くんから連絡をもらいました。でもお前に連絡すべきだと思ったからお前に話す。今は船の上だよね？　間に合うかどうかわからないけど、中田くんを絶対ジュエリー・ショーに参加させちゃだめだ。ガルガンチュワのナンバーツーと理事が派手に反目したって話は聞いてたけど、もしかしたらすごい真相が明らかになるかもしれないよ。まだ接触してない？　間に合った？』

「……ジェフ」

『あっその声はもう駄目だね？　お兄ちゃんを呪ってる声だね？　彼がそこにいるね？』

グッドネス、とジェフリーは呟《つぶや》いた。おお神よの意である。どういうことだ。

『じゃあ作戦を変える。中田くんに代わってくれる？』

「スピーカーフォンにしていますので、どうぞそのままお話しください」

『了解。中田くんごめんね、実はまだ会議中だから、もうしばらく連絡が取りにくいと思うけど、連絡をもらった件の詳細を検証中です。君にメールをしたのは僕じゃない。もしかしたらちょっとだけ大変なことになるかもしれないけど、僕と僕の弟が助けるから諦《あきら》めないで。大丈夫だからね。じゃあリチャード、しばらくあとは任せた』

もう少し具体的に喋れとリチャードが説教をしたが、情報漏洩《ろうえい》問題がどうのこうのと言って、回線は一方的に切れてしまった。情報漏洩。あのメールはジェフリーからではないという。では誰だ。誰が俺のパスポートナンバーを知っていて、ジェフリーをかたるメールを寄こしたのだ。誰が何のために。

何故俺なんかに。

嵐のような電話に途方に暮れ、俺はリチャードと顔を見合わせたが、美貌の宝石商の表情はさっと曇《くも》った。誰かが俺の後ろにいるらしい。振り返ると、スーツの男性が一人、そして防弾チョッキのようなものを羽織った、ネイビーブルーの制服姿の男性が三人、随分《ずいぶん》怖い顔で俺を見ていた。だから、本当に、何なんだ。

「どうしました。何の用です」

「ガルガンチュワのクルーガーと申します。大変申し訳ございませんが、そちらの男性に少々おうかがいしたいことがございます」

思い出した。この人はガルガンチュワの社員で、俺に三百二十万ドルですと訂正をしてくれた人だ。彼が何故？

あの時の優しげな表情とはうってかわって、厳しい眼差しに促されるように立ち上がると、背後の三人が俺をぐるりと取り囲んだ。リチャードが割り込もうとすると、ガルガンチュワの人が小声で猛烈な早口の英語で何かを囁《ささや》き始めた。馬鹿《ばか》げているというリチャードの声しか聞こえなかったが、その間に俺の体を勝手にボディチェックしていた強面《こわもて》の面々が、何かを見つけたようだった。

スーツの上着の右ポケットだ。

ハンカチが一枚入っていたかなという場所から、白い手袋が何かを取り出した。

これですか、と警備員さんがガルガンチュワの人を促す。彼らは全員手袋をはめていた。

多分これを、素手で触らないようにという配慮ゆえだろう。

俺のポケットから出てきたのは、まぎれもない、ハート型の何かだった。金色の渦巻きの中に、きらきら光る何かがある。逆巻く金髪と宝石。ルビーだろうか？　一カラットくらいだろう。鈍く輝く金色の指輪。ちりばめられたダイヤモンド。そうだ、これはまるで、ミニチュアの――

ハートの女王だ。

目を閉じて微笑む美女は、宝石の心臓を抱いている。

俺にはそれが自分自身の心臓のように思えた。


大きな船の中には、当然のように保安室が存在した。ロビーフロアの一階下で、スタッフオンリーと書かれた扉の向こう側の世界だ。俺が想像していたのはスーパーの万引きGメンが待ち構えているような事務所だったのだが、待ち構えていたのは秘密基地のようなところだった。監視カメラの映像を映す小型テレビがずらりと並び――大体は反射でよく見えない――中央に四角いテーブルとパイプ椅子があり、右奥には小さな角窓がぽんとついた灰色の扉があり、左奥には変電装置か何かのような機材、他には何もない。部屋の中にいた五人は、いずれも真面目な顔できびきび動いていた。壁は灰色、床も灰色のタイルである。前後左右を警備員に囲まれたまま、俺は中央の椅子に腰かけた。

ガルガンチュワのクルーガー氏は、取調官のように俺の前に座り、始めに俺のポケットから出てきたジュエリーの写真を、三百六十度全てのアングルから丁寧に撮影した。損傷がないかどうかをチェックしているらしい。手袋をはめているからには、指紋の有無の確認の意味もあるのだろう。美しい女王がビニール袋におさまったところで、ようやく彼は俺のほうを見た。

「ご足労をいただきまして、誠にありがとうございます。大変申し訳ないのですが、本件に関して非常に困惑しております」

どういったご事情で、ポケットに四万二千ドル相当、つまり四百五十万円くらいのジュエリーが紛れ込んだのか、ご事情を聞かせていただきたいと。

ご事情も何も、誰よりもまず俺が聞かせてほしいお話である。意味がわからない。気がついたら知らないものがポケットに入っていただけだ。しかし彼と、俺の後ろにいる警備員の面々の居住まいからして、彼らが聞きたいのはそういう『いいわけ』ではなく『自供』だろう。冗談ではない。絶対にしない。不用意にそういうことを認めたが最後どうなるのか、海外に渡航する前に嫌というほど聞かされた。空港で見知らぬ誰かから荷物を預かってくれないかと尋ねられたら、麻薬の取り引きに巻き込まれる可能性があるから断れ、逃げろとも。

　空港ロビーや治安の悪い駅ではなく、豪華なパーティの真っ最中、いつの間にか誰かに、ポケットに超小型爆弾のようなものを置いていかれるなんて誰が想像するだろうか。テーブルの上でビニール袋に入っているのは、ルビーとダイヤモンドと黄金で形作られた、世界で一番美しい爆弾である。冤罪《えんざい》で相手を吹き飛ばす。

「事情も何も、何も知りません。俺はこの指輪に触ってもいませんよ。気がついたらポケットに入っていたんです。何もしていません」

　クルーガー氏は困ったような、もう少し失礼な言葉で喋る許可を得たような、不可思議な目つきをした。雲ゆきがあやしくなりそうだと思った矢先、俺の背後の誰かが口を開いた。

「失礼。こちらは、展示会の会場のどちらに展示されていたお品物でしょう。日にした覚えがございません」

「こちらは今季の目玉である『ハートの女王』のミニチュアでございます。細工の精巧さなど、本物とは比べるべくもありませんが、シリアルナンバー入りで十五点製作された、れっきとした当社の品物です。個別販売の予定はなく、他のジュエリーをお買い上げのお客さまにのみ差し上げるノベルティでして、今回のショーが初お披露目《ひろめ》になります」

実売スペースに展示しようとしていたものだと、クルーガー氏は淡々と語った。あの準備中だったスペースか。リチャードはなるほどと頷いてから、言葉を続けた。

「憚《はばか》りながら、彼と私は関係者向けジュエリー・ショーの間、行動を共にしておりましたが、彼が不可解な動きをしたことはございませんでした。加えて、このような高額の商品が、ポケットに滑り込むなどということは、世界に名だたるガルガンチュワの百周年記念という素晴らしいお席においては、まったく、ありうべからざる、奇術のようなことでは？」

リチャード。来るのは俺だけでいいと言われたが、当然のようについてきてくれた。一つ一つ攻撃的な発音で、俺の言いたいことを言ってくれた。食べ放題取り放題だったのはビュッフェの食事だけで、美しいジュエリーは厳密に管理され、ガラスケースの中で、会社の人間に取り出されるのを待っていた。関係者パスの持ち主といいえどおいそれと触れられるようなものではない。

ただ、実売スペースは準備中だったこともあって、もしかしたら、万が一の話だが、警備員が見守っていたのにそんなことはないと思いたいのだが、ひょっとしたら、もし奇跡的に誰も何も見ていない隙だらけの瞬間を狙って、大胆にも手を伸ばせば、シリアルナンバー入りの高級ジュエリーを摑み取りするチャンスもあったかもしれない。新宿《しんじゅく》駅前の横断歩道を、誰にも少しもぶつからずに走り抜けることの百万倍くらい難しいだろうが。

　しかし現実問題として、ミニチュアの女王は俺のポケットの中に入っていた。

　現状認識が間に合わず、俺が黙り込んでいると、部屋にノックの音が響いた。警備員ではなくクルーガー氏が、俺の背後にある扉を立ち上がって開けに行った。少し嫌な予感がする。振り返って、背後の扉を眺めると。

　中に入ってきたのは、幾何学模様のスーツの男だった。アメン氏。

　気色ばむ俺の肩を、リチャードは強く摑んだ。自制しろという意味か。アメン氏は俺のことは空気か何かのように無視して、リチャードにだけ歩み寄り話しかけた。

「トラブルがあったと聞いたが、まさか君がいたとは。どうしたのかね。何があったのか教えてもらえないだろうか」

「何かの間違いがあったようで、私のスタッフの懐《ふところ》に、ガルガンチュワの備品が忍び込んでしまったようです」

「ジュエリーは『備品』ではあるまい。それは君をただの『ハンサム』と形容するのと同じ愚《ぐ》だ。ジュエリーは備品ではなく、ただの宝石でもなく、より大きく美しく、尊い存在だ。とりわけガルガンチュワのものはね。君の美貌は『神々しい』類のものだ」

「語義の解釈の問題は、現在我々が直面している問題とは無関係です。それより何故こちらへ？　ショーは続いているのでは？」

「急に君が消えるのがいけない。何のために私がこの船に乗っていると思っているのだね。私は君に会いに来たんだ。『我々』というのも誤用ではないのかね。トラブルを巻き起こしているのは彼だろう。君ではない」

「私のスタッフの問題は私の問題でもありますので」

「贅沢《ぜいたく》な身の上の人間もいたものだ。クルーガー、説明を」

クルーガー氏は露骨に目を泳がせながら一礼すると、順を追って今の状況を聞かせてくれた。彼はガルガンチュワの警備セクションの責任者であるらしい。

五分ごとに行われているという、全てのジュエリーが所定の位置にあるかどうかのチェックの際、クルーガー氏は実売スペースの中から、ミニチュアの女王が一つ、紛失しているという報告を受けた。

消えるはずもないものが消えた。騒ぎにならないよう会場には伝えず、会場のあちこちに設置された監視カメラの映像を素早く確認したところ、紛失の直前に、カウンターに接触していた人物を複数見つけ出したという。その一人が俺だったという。その後、俺が一か所に立ち止まって不審な行為をしていたことも目撃されている。

すぐさま俺を探したクルーガー氏は、客船の警備員を伴《ともな》って船内を捜索、無事確保したというのが、今のこの状態であるらしい。

だから、俺は、盗《と》っていないと言っているだろうに。

監視カメラの映像を確認させてもらえませんかと俺は申し出た。事実かどうか確認したい。それにもしかしなくても、俺のポケットに何かを忍ばせる不届き者の姿も映っている可能性が高い。しかしクルーガー氏の反応は思わしくなかった。この人は今の俺の置かれた状況を理解しているのか。超高額ジュエリーの窃盗犯《せっとうはん》にされるかどうかの瀬戸際である。絶対に認められない。俺のばあちゃんの矜持《きょうじ》とひろみの誇りと中田さんの信頼とリチャードからの期待を全部まとめてずたずたにするようなこと、絶対に認めるわけにはいかない。

俺はやっていないのだから。

俺が言い繕《つくろ》っていると、アメン氏は小さくため息をついた。

「まあ、彼は見るからに若いし、新しいスタッフだというし、人間がどこで何をするかということは、親しい相手でもなかなかはかりがたいものがある」

「私のスタッフへの侮辱は私への侮辱と同じです。状況証拠も不完全な状態です。憶測《おくそく》はおやめください」

「ポケットからジュエリーが出てきたのだよ？　何を『憶測』すると？」

憶測。

考えなくていいことを、考えていないと言えば嘘《うそ》になる。今そんなことを考えても仕方がないとわかってはいるが、頭は勝手に転がってゆく。もしかしたらと。

ジュエリー会社で一番偉い人が、美しい誰かに執心だとする。その人は外聞を憚ることもなくその誰かを求めていて、そのためには手段を選ばないかもしれない。将を射んと欲すれば馬をまず射よという。俺がその馬か。

お前がやったのか。

証拠もないのにこんなことを考え始めるのは、精神的に追い詰められている証拠だ。落ち着かなければならない。ならないのだが、同じ状況に追い込まれた人間がどのくらい落ち着いていられるだろう。俺は健闘しているほうじゃないだろうか。これが限界である。

アメン氏は俺の顔をじっくり眺めたあと、思わせぶりに微笑んだ。

「怖い顔をする。老人の心臓には耐えがたい目だ。リチャード、少し君と二人で話がしたい。部屋の外へ出てくれないかね」

「彼に関係したお話があるというのなら、ここでうかがいます」

「あまり聞かせないほうがいいと思うがね」

「失礼ながら、それはあなたが判断なさることではないかと」

ありがたい。こんなところで秘密会談などという真似は絶対にやめていただきたい。警備員を振り切って俺が乱入し余計に話がこじれるだろう。アメン氏は笑って、ではそうしようと話し始めた。こんな時にこんなことを感じるなんて不思議なことだが、俺は銀座のエトランジェを思い出していた。豪華客船のホールに比べれば狭い部屋。俺とリチャード。よく知らない『お客さま』。

「どういった事情で君のスタッフの手にジュエリーが渡ったのか、私には全く解せないのだが、こういったことはそうそう起こることではない。何かのミスだったと考えるべき、いや、そう考えるのが自然だろう。このようなむさくるしい場所に君を連れてきてしまったことは、後々に謝罪し、埋め合わせる機会をもらうとして、今回のことはあまり深く考えるべきではないのではないかな。何かのミスだ。それがいい」

第三者に納得してもらえる答えとは思えないが、アメン氏の言葉は俺の状況判断とほぼ一致している。俺は盗んでいないし、盗みの手伝いもしていないし、そもそもあの会場でそんなアクシデントが起こっていたようには見えなかった。何かの手違いとしか思えない。

だがそれを申し出て、彼にどんなうまみがある。

リチャードは何も言わずアメン氏の顔をじっと見ていた。巨大な宝飾品企業の三代目トップだったという男は、甘いお菓子を味わっているような顔で瞳を動かした。だから、そんな目で、俺の上司を見るなと、もう何万回も念じているというのに。

「では、今回のトラブルは不問にし、誰の責任も問わないと？」

「責任は問うとも。わが社の大事な商品が、何かの手違いだとしても第三者の手に渡り、あまつさえ外部に運び出されるなどという事態は、決してあってはならないことだ。警備責任者の首は飛ぶだろうな。ジュエリーの管理責任者の権限もチェックしなければならない。だがそれは君のスタッフの責任ではない。他でもない君が信用した男だろう、いくら若く、時々思慮の足りないことをする傾向があるとしても、君が彼を信じているというのなら、私はそれを尊重しよう」

「不思議なことです。彼が私の所属している組織で活動し始めたのはつい最近のことですのに、あなたはまるで親切な親戚のように、彼をよく知っていらっしゃる」

「君にとってはいつまでも親切な親戚のおじさまのおじさまでいたいと思っているのだよ、リッキー。君と私の関係を考えれば、それほど不思議なことではあるまい。おばあさまのご恩もある。私は君が好きなんだ。君の好きなもののことは何でも知りたくなる」

うねうねと曲がる幾何学模様をまとった男は、朗《ほが》らかな笑顔を浮かべ、言った。

「それで、どうかね。シャンパンとキャビアを手土産《てみやげ》に持ってゆくから、今夜は二人でゆっくりと、会えなかった間の思い出を語り合うというのは」

頭の中が一瞬、真空になり、そのあと真っ黒に塗りつぶされた。

動いてはいけない。唸《うな》ってはいけない。殴ってはいけない。それは今の俺が一番やってはいけないことだ。ある程度備えができていてよかった。だが眼差しだけはどうしようもなかったようで、アメン氏は俺と目が合うと一歩後ずさりした。申し訳ない。こういう時の俺は、だいぶ怖い顔をするらしい。

繋がっていないようで繋がっているロジックが不愉快だ。なかったことにしよう。私にはそれができるから。ところで今夜の予定は空いているかなと。

俺は動かなかったし唸らなかったし殴らなかった。だから一言くらい許可してほしい。

「……すみません、事件の一番の当事者は俺だと思うんですが、何が起こったのかきちんと検証してください。やってもいないことを『なかったこと』にされるのは、濡れ衣と同じです。きちんと調べてください。監視カメラがあるなら、全部記録されているはずです」

「もちろん調べるとも。もちろん。だが時間がかかる。その間ずっとここに拘束《こうそく》されていたいわけではあるまい。この奥にある留置所はとても狭いそうだよ」

「構いません。昔俺が住んでたアパートに比べたらきっと広いですし」

「これだからアジアの住宅事情は嫌になる。航海は六日間、いやあと四日と半日ほどで終わってしまうのだよ。おまけに次の停泊地に到着するのは明日の昼だ。所詮《しょせん》カメラの映像に映っている行為など、真実のほんの一部に過ぎないだろう。船が港に到着すれば、証拠隠滅はより容易になる。考えたくもないが、共犯者がいる可能性もある。その時に君の潔白が証明されたとしても、私にはあまり意味がないように思うがね。クルーズのあとも君の身柄を拘束する可能性もある」

そうなれば、前科がつくこととほぼ同義になるのではと、アメン氏は静かに付け加えた。

俺は自分の憶測が正しくないことを祈っている。祈ってはいるが。

お前がやったのか。

この計画のためにお前が俺を招いたのか。ジェフリーの情報漏洩とやらの原因も、あるいはお前が。お前が。お前が。このために。

俺が完全に理性の手綱《たづな》を手放していたら、顎に一発喰《く》らわせて、胸倉を掴んでぐらぐらさせて自供を迫るコースだったと思うが、現状自供を迫られているのは彼ではなく俺である。それももうちょっとソフトなやり方だ。抑えなければならない。

スーツで武装した美貌の男は、さりげなく腰を抱こうとする手をそっと押しとどめ、きらびやかな笑みを浮かべてみせた。彼は俺やリチャードより頭一つ分背が低いので、何やら子守をされているような雰囲気もある。

「長らくお会いしなかったのでお忘れかもしれませんが、おじさま、私は宝石と同じくらい、単純作業を心から愛する人間なのですよ」

「うん？」

　アメン氏の呻《うめ》きは俺の心の声でもあった。リチャードは微笑みながら続ける。この微笑みには毒がある。やすらぎの顔ではない。相手だけをリラックスさせようとする仮面だ。

「監視カメラの映像のチェックなどはその典型です。お許しをいただけるのでしたら、残りの航海の間、こちらでジュエリー・ショーの監視カメラのチェックをさせていただけないでしょうか。猶予《ゆうよ》期間が明日のお昼までというのでしたら、それほど長期間のお邪魔にはならないかと」

　あっけにとられたのは俺だけではなかった。一番大きなリアクションをしたのは、今まで蚊帳《かや》の外であったクルーガー氏だ。冗談じゃないとでも言いたげに目を見開いていたが、アメン氏に咎《とが》めるような視線を向けられると、下唇を噛んで俯《うつむ》いてしまう。今だけ超能力者になって、二人の間を行きかう無言の言葉を聞き取りたい。

「……では君が骨を折って、スタッフの無罪を証明すると？」

「そのように大それた話では。個人情報の問題もあるでしょう。ですがもし、許可をいただけるのでしたら、どなたか信頼できるガルガンチュワの責任者と一緒に、こちらで映像を確認する許可をいただきたいのです。シャンパンはとてもありがたいのですが、頭の働きが鈍ります。キャビアだけでしたら、あなたと一緒に何度でも。この部屋でゆっくりと」

リチャードのもったりした声色《こわいろ》に、アメン氏のご機嫌は目に見えて回復した。よくない兆候だ。こういう相手を調子に乗らせるとまずい場合もあるだろう。大丈夫なのかと俺は声をあげかけたが、リチャードの手が俺の肩をきつく摑んだ。

まだあの約束は継続中らしい。

助けるなと。

アメン氏とクルーガー氏は話し合いを始めた。声はよく聞こえない。クルーガー氏は、始めのうちは泣きそうな顔で食い下がっていたものの、後半はほとんどアメン氏の提案に頷く形ばかりになっていた。あの人は大丈夫だろうか。アメン氏は晴れやかな顔でリチャードに向き直った。

「話がついた。ここで彼が君に付き合うと言ってくれたよ。首が飛ぶよりはましだと思ったらしい。しかしこの船の監視カメラの映像は膨大な量になるそうだが、リッキー、本当に構わないのかね。その美しい目がいたむのは避けたい」

「いやというほど図書館に通い詰めても相変わらずです。見かけよりは頑丈な目かと」

「麗しく強靭《きょうじん》、まさにわが社のジュエリーのようだ。思えば書物に没頭する君の美しさは度を越えていたな。思い出すだけで動悸《どうき》が激しくなる……君のスタッフは……ふむ」

部屋に送り返すのがよかろうと、アメン氏は提案し、それはやめたほうがとクルーガー氏が泡を喰った。それはそうだろう。せっかく捕まえた重要参考人を泳がせる道理はないはずだ。そいつが犯人ではないことを確信でもしていない限り。アメン氏とクルーガー氏はしばらく言い合ったあと、俺が外部と連絡を取らないように、通信機器を一時的に没収し、監視役をつけるという条件で妥協した。

会話の中にジャパニーズという語がまじるのが聞こえる。日本語を話す人間がどうのこうのという話をしているらしい。『暗号通信』潰しか。クルーガー氏はとてつもなく嫌そうな顔で警備員に指示をし、軽く頷いたボスらしき警備員が、無線で連絡を取り始めた。

仕方ないとはいえ話がどんどん俺抜きで進んでゆく。許してもらえるならば俺もここに残りたい、監視カメラのチェックをしたいと、傍に寄ってきたクルーガー氏に提案すると、後ろからアメン氏が割り込んできた。

「立場をわきまえたまえ。万が一ということもある。自分の犯行映像を削除してしまいかねない人間など不要だ。いや失礼。好きなようにしていたまえ。あまりうろうろされても迷惑だが。ああ、やけを起こしたりしないように。私は美しいものしか見たくない」

「正義、スマートフォンを預かっても構いませんか。私か、警備会社の人間か、どちらが持っているのがより安全かは判断しかねます。あなたが決めなさい」

お前に持っててほしいと伝えると、ではとリチャードは微笑んだ。

胃薬が欲しそうな顔をしているクルーガー氏を、俺は引き続き観察した。さっきの監視カメラのチェックに関する反応からして、この人は俺の知らないことを知っている可能性が高い。情報を引き出すのならこの人に迫るのが一番手っ取り早いと思うのだが、この部屋を追い出される以上それは無理だ。リチャードに任せよう。この人が展示会場で何をやっていたのか、見ていた人は他にいないのだろうか？　その人たちにも緘口令《かんこうれい》が敷かれていたらお手上げだが、何かの情報の片鱗《へんりん》を引き出すくらいのことはできるかもしれない。当座の俺の目標はそのあたりに設定しよう。情報だ。情報が足りない。俺のことなんかどうでもいい、リチャードと仲良くなりたいということしか頭になさそうな高齢のキューピーの足をすくうためには、とにもかくにも情報が必要だ。

眼圧が高くなりすぎたのか、頭がくらくらしてきた頃合いに、再び保安室にノックの音が響いた。さっき無線連絡をしていた警備員が扉を開ける。誰かが立っていた。

若いアジア人の男性だった。容貌《ようぼう》は、何というか『警備員』という雰囲気ではない。すらりとしたシルエットに、水墨画《すいぼくが》の人物のような切れ長の目。くしゃっとしたブラウンの髪は下半分がおしゃれな刈り上げになっていて、確かツーブロックという名前だったと思う。Ｋポップのアイドルのようだ。この人は俺よりもヘアサロンや肌のケアが好きだと思う。まだ三十代ではないだろう。下手をすると十代に見える。渋谷《しぶや》の交差点が似合いそうで、間違っても暴漢の確保が得意とは思えないが、腕には警備会社の腕章がある。

上司と思しき警備員に説明を受けると、若い男は頷いたあと、俺を一瞥《いちべつ》した。眼力が鋭い。そして初めて、口を開いた。

「日本の方ですか？　私の言葉、わかりますか」

「わかります。どうも。中田正義です。日本人です。あなたも……？」

「いいえ、中国人です。ヴィンセント梁《ライ》と申します。ボスからあなたの警備を命じられました。日本語と英語を話す警備員は、この船に私しかいないので、適材だろうと」

私で構いませんか、と彼は言った。俺の警備。少しニュアンスが違うだろう。俺が逃げないように見張る役を言いつかったはずだ。いいのだろうか。殴り合ったら俺が勝つだろう。信用されていると思えばいいのか。挑発ではないことを祈りたい。

「わかりました。よろしくお願いします。でも『警備』って、具体的にはどういう」

「寝る時以外は傍にいろと言われました。トイレにまでついていく気はありませんが、常識の範囲内で、あなたの周辺をうろつきます。それから、できれば今は外部と連絡を取ろうとしないでほしいので、そのあたりのお目付けも。構いませんか」

俺はちらりと周囲を見渡した。アメン氏、クルーガー氏、リチャード。オーケーと言わなければ話が進みそうにない。わかりましたと頷くと、ヴィンセント梁さんは気のなさそうな顔で頷いた。この人はただボスの命令に従うだけという感じだ。

では早速とばかりに、アメン氏は俺に外を促した。さっさと出ていけと言わんばかりである。隣には俺の上司が残っている。これはもう、俺の身代わりだろう。

リチャード。

青い瞳は心配するなと言っているようだった。わかっている。俺が傍にいてもできることがないというなら、外でできることを全部やろう。俺を助けてくれた人たちの役に立ちたくて、そのために自分を大きくしたくて、今までとは違った環境に飛び込んだのだ。その結果が冤罪《えんざい》では全方面に申し開きの言葉もない。不許可である。こんな顛末《てんまつ》は認められない。

青い瞳を強く見返すと、リチャードは微笑んだ。いつものように優しい。だが、目を逸らす前、ほんの一瞬。

広い水面《みなも》にゆらめく魚影のように、微かな寂寥《せきりょう》感がよぎったような気がした。

行きますよという梁さんの声に促されるまま、俺は保安室を退室した。

関係者用のエレベーターでロビーフロアまで上昇すると、再び視界が開けて、明るくなった。『大通り』には気楽な格好でにこにこ笑う人々が賑やかに往来している。陛下とは大違いだ。

「ヴィンセントさん」

「ヴィンスでいいです。梁でも構いませんが……いや、ヴィンスのほうがいいな」

「わかりました。じゃ、ヴィンスさん」

俺はもう一度改めて自己紹介をし、迷惑をかけることを詫《わ》びた。トラブルゆえとはいえ、誰だってさっき会ったばかりの相手の監視役なんかしたくはないだろう。仕事ですからとヴィンスさんは言ってくれたが、やはり謝るべきだろう。俺は彼を振り回すだろうから。

「最初にお尋ねしたいんですが、ヴィンスさんはガルガンチュワのことは、よくご存じなんですか。ジュエリー・ショーの時には、いつも雇われたりするんですか」

「まさか。全然そういうことはないです」

ただ、こういうショーの警備自体は慣れている、ある程度は宝石のことを知っているスタッフが重宝されることもあるから、と彼は付け加えた。たとえば高額のジュエリーがたくさん並んでいる場所で奇妙な動きをしないとか。超高額の商品を目の当たりにしてもうろたえないとか。ついでに尋ねてみたところ給料はそれほど悪くないらしい。それはそうだ。信用が第一の仕事が、変な気を誘発するような薄給では困るだろう。

一律、テンションの低そうな人である。確信は持てないが、彼はアメン氏の息のかかった人物ではなさそうだ。

「疑いが晴れるまではあまりうろつくなとは言われましたけど、俺もただじっとしてるわけにはいかないんです。納得できないことが起こっているので、俺もいろいろ情報を集めたいですし……あの、ヴィンスさんは今回の事情は、どのくらい？」

「ある程度は聞いています。重要参考人だそうですね。でも推定無罪ともいいますから、私はあなたの意見を尊重しますよ、中田さん」

ありがとうございますと言いかけた俺に、ヴィンスさんはでも、と言葉を被せてきた。

「それとこれとは別問題です。最近のジュエラーは探偵まがいのこともするんですか。副業ですか？　それとも別の理由があるんですか？」

単純に自分の身の潔白を、自分で証明したいだけだと俺は告げた。でもそれは監視カメラの確認を待てばよいのではとヴィンスさんが言う。もっともな話である。だがそんな悠長なことをしていられる気分ではないのだ。

できることなら今すぐにでも、俺のポケットにジュエリーを放り込んだ不届き者の首根っこを捕まえて、こいつのせいでいい迷惑でしたと保安室に叩きこんで、入れかわりにリチャードを回収したいのだ。

ヴィンスさんは俺の話を最後まで聞くと、気のない顔を動かさないまま、軽く告げた。

「やめておきましょうよ」

「……え？　ああ、いや、そんなにオーバーなことをするつもりはなくて」

「オーバーも何も、それ、やらなくていいことですよ」

「……かもしれませんけど、俺はやりたいんです。すみません」

「さっきの人を助けたいってことでしょう」

ヴィンスさんの言葉は俺の胸の奥をとんと押した。

この人にそんなことを説明しても仕方がないし、言う必要もないだろうと思っていたことを、気だるげな風情のお兄さんは、もうすっかり見抜いていたようだった。今にもあくびしそうな表情で、しかし目だけはどこまでも真剣に、ヴィンスさんは俺を見ていた。

「私の取りこし苦労ならそれに越したことはないんですが、あなたがそういうことをすると、さっきの人の立場は余計に悪くなるんじゃありませんか。何もしないでじっとしていることが必要な時もありますよ。闇雲に動くより、そのほうが賢い選択かもっていう考え方は、あなたにはないんですか？」

切れ長の目は、射抜くように俺を見ている。

この人がアメン氏の息のかかった人間だとは思わない。言っていることは彼に与《くみ》する内容かもしれないが、俺の印象は逆だ。ヴィンスさんの言葉は、リチャードの言葉に似ている。過程をすっ飛ばして一足飛びに核心までやってくるところとか。違うのは苦さだ。リチャードの言葉が温かくて甘いロイヤルミルクティーなら、ヴィンスさんの言葉は苦い抹《ま》茶《ちゃ》だ。口に苦いが良薬だとわかる。

俺は少し嬉しくなってしまって、顔にそれが出たようだった。ヴィンスさんが怪訝な顔をする。すみませんと前置きしてから、俺は選び出した言葉を告げた。

「じっとしていることが得意なタイプなら、そうします。でも俺は、どっちかっていうと、動くほうが得意なんです。不用意に動くべきじゃない立場なのも承知です。だから行きすぎそうになったら、ヴィンスさんに止めてもらいたいんです。構いませんか」

「暴れ馬の手綱をとれって言われてる気がするんですけど」

「そこまでひどくはないと思います。ブレーキの壊れた自転車くらいじゃないかな」

どっちにしろ運転を誤ると死にますねと彼は言った。そうなりますねと俺も返した。気まずい沈黙が流れたあと、ヴィンスさんは思いついたように笑い始め、唐突に笑い終わった。俺が壊れた自転車なら、この人は壊れかけのおもちゃのようだ。

「面白い日本人だな。まあ、私の仕事は『警備』ですから、あなたがどこへ行ってもついてはいきますよ。でも職務を阻害しそうな行動に出たら、実力行使で止めに入ります。それでもかまわないっていうなら、好きにしてください」

「実力行使って、あのそういうことはないとは思うんですけど、俺、一応空手を長いことやってまして……」

「私もジークンドーをやってます。知ってます？　まあ知らないか。体は鍛えてます。ご心配なく」

「うわ、知ってます、知ってます。開祖がブルース・リーの、実践《じっせん》重視のマーシャルアーツですよね。やってる人と会うのは初めてです。かっこいいなあ」

「へえ、そこそこ物知りだ。褒《ほ》めても何もしませんよ。大道芸人じゃないんで」

「あ、すみません」

このお兄さんの『実力行使』がどこまでのものなのか、若干の不安はよぎるが――やられたらどうしようというより、やりすぎて怪我をさせてしまったらどうしようという懸念である――ありがたい言葉だった。そして俺はずっと気になっていたことを尋ねた。

「あの、俺は英語も喋れます。日本語と英語、どっちがいいですか」

「どちらでも。両方とも小さい頃から使ってますから」

試しに俺は、英語で話しかけてみた。遠慮してくださっているなら、状況が状況だし、ヴィンスさんにご都合のよろしいほうが、安全上の理由からも適しているような気がするんですけど、などと堅苦しい言いまわしで。

ふーんという顔をしていたヴィンスさんは、ひょっと眉を上げたあと、口を開いた。私は仕事をしているだけなので遠慮をしていただく必要はありませんが、なら切り替えましょうかと。英語である。凄まじいアクセントがついていて、イントネーションといい発音といい、ショーの最中に話したシンガポールの人の英語とよく似ていた。昨日の夜にパブで耳にした流れるような英語とは似ても似つかない。

「や、やっぱり日本語で」

「そうですか。わかりました」

まあいい。今はそういうことを考えるべき状況ではないようだ。この船のどこかに俺の上司に寂しい声を出させる英語話者が一人いるはずだが、しばらくそのことは忘れよう。今の俺のやるべきことは決まっている。俺をはめたろくでなしを見つけ出し、『すみませんでした』と謝罪してもらう。事情がどうあれ、俺にだってそのくらいの権利はあるはずだ。

犯人は現場に戻ってくるという。誰がそう言ったのか、刑事ドラマ以外の世界ではどこの誰がそんなことを言っているのか知る由《よし》もないが、手掛かりになりそうなものはあの場所にしかないだろう。俺は早々にジュエリー・ショーの現場に戻ろうとし、門前で締め出しを喰らった。ブラックリスト入りしていたからではない。お客さまのための時間になっていたからだ。プレスも業者もノーサンキューということである。

　恐れていたのはスタッフ全員に、俺の顔が窃盗の重要参考人として周知されていて、出現するや否や大騒ぎになるというコースだったが、特にそういうことはなく、ただ『関係者向けショーの間に何かトラブルがあったらしい』という情報だけが共有されているようだった。確かに品物が紛失したわけではなく、出てきたのだから、大ごとにはしたくないのかもしれない。逆に言うと誰も、関係者向けのジュエリー・ショーの最中、誰がどこで何をしていたのかなど気にしていなかったし、覚えている様子もなかった。聞き込みができたのは五人ほどで、確かに警備部門の責任者である社員が途中でいなくなったことは知っていたが、その理由は誰も知らなかった。ぼかされているというよりも、こうなるともう見ざる言わざる聞かざるのようなレベルである。意図的なものを感じる。煮えている腸に、もう一度油を注がれたような気分だ。

　しかし俺がたどり着いた情報は、それだけではなかった。

　俺がいなくなったあと、展示室では全く別のトラブルが起こっていたらしい。

「警報機が鳴った？」

関係者向けショーと、顧客向けショーの合間。人々の入れ替えに伴って、清掃作業や皿の片づけなどが行われていた最中、展示室の出入り口に設置されている金属探知用のゲートの、警報が鳴ったのだという。よりにもよって、『ハートの女王』の部屋のものが。顧客向けのショーは始まったばかりだ。せいぜいこの三十分かそこらの間の出来事だろう。

とはいえ警備員が確認しても、不審者などもちろん、どこにもいなかった。片づけをしていた関係者の誰かが、知らないうちにうっかりボーダーを超えて入ってしまったのだろうということになったという。そもそもあの部屋で飲食をしていた人間など俺は見かけなかった。わざわざ片づけに入る必要がない場所だったのではないだろうか。

奇妙なこともあるものねと、油気のない髪をポニーテールにしたスペイン系の女性は、俺の前で肩をすくめた。彼女はあまり俺を見ていない。ヴィンスさんのことが気になるらしい。気持ちはわからないでもない。ただでさえアジア人は若く見られがちな中で、ヴィンスさんはミステリアスな魅力を放っている。思いがけない援護射撃に、俺は内心手を合わせた。感謝、感謝である。彼の功徳《くどく》はその後も続いた。

ジュエリー・ショーの観覧を終え、賑やかに連れと話しながら出てきた、華僑《かきょう》と思しき二人連れは、ヴィンスさんの姿を見ると、生き別れの親戚に出会ったような顔で近づいてきて、あれこれと話しかけ始めた。このノリは多分「有名人の誰それさんじゃない？」

「違う？」「似てると思ったんだけどね」というナンパの定番だ。上から下までハイブランドの服とアクセサリーで固めた二人は、ヴィンスさんと漢字の言語で歓談し、廊下を端から端まで歩いてしまったところで、名刺を渡して別れた。ヴィンスさんが手を振り、警備員らしく敬礼すると、二人はアトラクションの登場人物に手を振ってもらったようにきゃっきゃっと手を振り返した。四十代くらいだろうか。俺は透明人間のごとく、三人の後ろを歩いていた。

俺を振り返った時、ヴィンスさんは三割増し仏頂面の『ふーん』の顔をしていた。

「面白い話を聞きましたよ」

「警報が鳴ったことですか？」

「いえ、別件ですけど」

今の二人はオーストラリアで会社を経営している中国人の姉妹だそうで、尋ねもしないのにヴィンスさんにガルガンチュワの経営事情の話をしてくれたらしい。ジュエリーはきれいだけど経営がね、というので、それはどういうことなんですかとヴィンスさんが突っ込むと、彼女たちはM&Aの話をし始めたという。

「M&Aってつまり、企業の買収のことですよね」

「もちろんです。ああ、すみません、日本語が出てこなくて」

「大丈夫です。俺、一応日本では経済の勉強してたので」

「ふーん。経済ねえ。じゃあガルガンチュワの経営事情にも詳しいですか？」

そしてヴィンスさんは、ガルガンチュワが近々大口の買収を受けることを知っているかと俺に尋ねた。買収される先は、欧州のコングロマリット企業だ。

「コングロマリット？」

「複合企業。企業の集合体。お互いに干渉し合わない会社が形成している集団です」

経済学部なのに、とヴィンスさんは冗談めかして付け加え、にやりと笑った。俺が恐縮すると、また『ふーん』の顔に戻って話を続ける。いじりはするが、深追いはしない人らしい。

各国の高級ブランド企業の例に漏れず、営業不振による成績悪化に苦しんでいたガルガンチュワは、大型のファッション・コングロマリットの買収を受けると決定したという。たとえば高級な革トランクで有名な会社と、高級酒の会社が合併して誕生した、欧州最大のファッション企業ＬＶＭＨも、そういった複合企業の一つだ。傘下には俺でも名前を知っている革ブランドや酒造会社が収まっているという。たまげた。

ブランドって、みんなそれぞれ別々の企業ではなかったのか。

俺のリアクションを察してくれたようで、ヴィンスさんはやれやれという顔をした。

「中田さん、コングロマリットは普通の『会社』とは違うんですよ。サラブレッドを育てる牧場のオーナーみたいなものです。全部のブランドのイメージが統合されてしまったら、わざわざ別々のブランドを買収する意味がないでしょ。ビジネスマンが芸術面に土足で踏み込んでくるようなことは原則としてないんです。売り上げ不振の会社に、有名なデザイナーを引き抜いてきてトップに座らせるとか、そういうことはあるみたいですけど。それぞれの路線を貫《つらぬ》くお手伝いをさせてくださいね、うちのグループの免税品売り場に商品を置いて売り上げを伸ばしましょう、そして儲《もう》けをいくらか貰《もら》います、ってやり方です。合理的でしょ」

「ああ……サラブレッドの牧場って、そういうことか」

ブランドというのは、そこでなければ手に入らないものを売っている企業だと思っていたから、それが同じところで運営されているというのはちょっと不思議な気がするが、経済上の理由を考えれば納得だ。株式を公開している企業は、いつも買収される可能性を抱えているものだが、別に悪いことばかりではない。相手が自分の会社の根っこを握っていてくれるというのは、リスクもあるものの、肥料が入った植木鉢に花を植え替えるようなものでもあると経済の授業で習った。安心感がある。

ガルガンチュワの買収がニュースになったのは、今から一カ月くらい前のことだという。

一カ月前といえば、俺が初めてのスリランカ滞在であたふたしていて、生水は絶対に飲めないとか、道を象が歩いているとか、紅茶が一杯二十円だとか、スマホの画面ではなく目玉から入力される情報に圧倒されていた頃だ。目に入っていたとしても記憶できたとは思えない。

いろいろあって忙しかったので、ちょっと知らなかったですと俺が頭をかくと、ヴィンスさんは一瞬、路地裏にうち捨てられたびしょ濡れの古雑誌を見るような眼差しで俺を見て、すぐにまた『ふーん』の顔に戻った。怒られている気はしない。怒るというのは個人的な感情だ。この人と俺の間にそういうつながりはない。ただ、目元がきついのでちょっと怖いだけだ。多分。それにしても物怖《ものお》じしない人だ。

俺はものは試しとばかりに、ヴィンスさんに質問を投げてみた。

この会社で、理事のアメン氏は、どういうふうに思われている人なのかと。

雇われ警備員の彼が、そこまでガルガンチュワのことに詳しいとは思わない。でも彼は英語も中国語もわかる人だ。ロッカールームでコアな会話が耳に入ってくるようなことだってあるかもしれない。

ヴィンスさんは立ち話にうんざりしたようで、ロビーフロアまで階段を下り、無数のソファの一つに腰かけて、スタッフが配っている炭酸飲料のグラスを受け取ると、半分くらい飲み干してから、俺の質問に答えてくれた。

「ま、噂話《うわさ》程度のことですから、そこまで信用されても困りますけど」

そして彼は少しだけ遠い目をしたあと、口を開いた。

セクハラ。パワハラ。ワンマン。横暴。我儘《わがまま》。気分屋。子どもっぽい。いないほうが平和におさまる男。十数年前の、社長だった時代のアメン氏を知る人は、昔はああではなかったのにという嘆き節になる人も多いというから、加齢とともに人格の困った部分が前面に出てきたのかもしれない。よくあることだとは思うが、その迷惑を被《こうむ》る人間には『よくあること』では済まない。たとえ今までの功績がどれほど偉大であったとしても。

そういうふうに考える人間は、きっと俺だけではないだろう。

関係者向けのショーの最中の、『見えていません』『知りません』という張り詰めた刺々《とげとげ》しい雰囲気には、明らかにアメン氏に対する嫌悪感が含まれていた。この男とかかわり合いになりたくないという気持ちが、この男を放っておくと自分にも被害が及ぶかもしれないという気持ちより大きいから、あんなことになるのだ。思い出すだけで胸がむかつく。

「怖い顔してますよ、中田さん。大丈夫ですか」

「大丈夫です。すみません。いろいろ考えちゃって……」

「ふーん。いろいろ考えてるところ申し訳ないんですが、本題がまだなので話を続けます」

「えっ」

さっきの中国人の二人連れが話していたのは、買収事業にまつわるトラブルの話だったという。

一カ月前、ガルガンチュワが買収先として発表したのは、欧州の大きなコングロマリットだったというが、交渉は何年も前から始まっていたという。そして買収を持ちかけていた企業は一つではなく、中国系のコングロマリットも競合企業として名乗りをあげていた。彼女たち曰く、よりガルガンチュワに有利な条件を提示したのは欧州ではなく中国のほうで、始めのうちはそちらに買収される方向で話が進んでいたそうなのだが、最終局面で突然、理事が介入、回れ右して欧州に戻ったという。理事というのは、他でもないアメン氏のことか。

「それで会社が荒れたらしいですよ。特に上層部の人間関係が」

「上層部って……ガルガンチュワの今の社長は、確か理事の息子ですよね。その人が？」

「いえ、社長は相変わらずのいい子ちゃんだそうです。息子っていっても理事の娘の婿《むこ》ですからね。ただ実質的な経営を担当していた副社長のマルヌイ氏が、怒り心頭だそうです。それまでの中国系グループとのお膳立《ぜんだ》てを一気になかったことにされたんですから、そりゃあ怒るでしょうよ」

副社長。

それって『ナンバーツー』のポジションでしょうかと俺が問うと、ヴィンスさんは怪訝な顔をした。申し訳ない。俺の頭をよぎるのはジェフリーからの電話だ。ガルガンチュワのナンバーツーと理事が派手に反目。すごい真相が明らかになるかも。あの状況で無関係な経済ニュースをまくしたてるような人ではない。『真相』と言うからには『実は隠された真実があった』とか？　どんな真実だ。それがこの状況とどう関係する。

頭を絞って考えるが、駄目だ。わからない。

ヴィンスさん曰く、彼女たちは残念そうに交渉決裂のことを話していたという。せっかくいい条件を出してもらえたのにねと。

俺がない知恵を集めに集めてうんうん唸っていると、ヴィンスさんは思い出したように、炭酸飲料を飲みながら自分の携帯端末を取りだし、ニュースサイトを開いてくれた。ガルガンチュワの一カ月前のニュース。英語で表示されていた。読みますかと彼が端末を回してくれたので、頭を下げて読んでみる。とりあえず一番下までフリックしてみよう。俺が指を動かした。写真が三枚。

一枚はアメン氏。二枚目はコングロマリットの社名のロゴ。そして三枚目が。

えっと俺が呻くと、ストローをくわえたまま、ヴィンスさんは眉を持ち上げた。

「どうしました」

「……俺、この人、知ってます」

三枚目の写真の下には、キャプションがついていた。経営に手腕を発揮する副社長。マルヌイ・パテール氏。男盛りで、日焼けした顔は凜々《りり》しい。だが。

俺が知っているこの人の顔は、もっとおしく、禍々《まがまが》しい表情だ。

間違いない。彼は乗船時に、悪霊を見るような顔で俺を睨んでいた男だ。

ロビーフロアで、俺は確かにこの人を見た。

困惑したままヴィンスさんにそう話すと、彼は涙袋に軽く力を込めた。表情が変わる。

「……重役待遇ですね。企業のＶＩＰがお出迎えしてくれるなんて」

「いや、明らかにそういうことじゃなくて」

「わかってますよ。変な話だな」

何故副社長が初対面の俺を睨む。俺を睨む理由がこの人にあったのだろうか。そもそもどこで俺のことを知ったのだろう。勘違いとか？　いや、そうは思えない。確信に満ちた憎しみの眼差しだったように思う。何故だ。今までヴィンスさんに聞いた話から判断するなら、この人が睨みつけたいのは俺ではなくアメン理事のはずだ。静かに引退しておけばよいものを、ワンマンに飽き足らず自分のお膳立てをなかったことにして、しかも欲望にまかせてセクハラまでする始末だ。思い出すだけでむかむかしてくる。ひょっとしなくても、アメン氏が俺をこの船に招いたのは、彼の企《くわだ》てようとしている陰謀を成就させる生贄《いけにえ》にするためだったのかもしれないのだ。もし本当にそうだとしたら、度を越えた愚行にもほどがある。そして今の俺には、他の可能性が思いつかない。そうだ、この船における俺の立ち位置はきっと『リチャードのおまけ』である。副社長が『リチャードのおまけ』を睨む理由。それにしてもジュエリー・ショーの時のことを思い出すたび怒りと悲しみでメンタルがずたずただ。どうにか処理したい。俺さえいなければ、今だってリチャードは暗い保安室に閉じ込められたりせず――

俺がいなかったら。

頭がしんと冴えてくる。

俺がいなかったら、セクハラ理事がリチャードを陥《おとし》れる陰謀も成立せず。

百周年記念のジュエリー・ショーは、つつがなく運営されていただろう。

俺さえいなければ。

仏の顔も三度までという言葉がある。あまりにも許しがたい行為を繰り返したら、ブッダ・レベルに人格のできた相手でもキレるのだ。当然だろう。副社長が何度、理事に対して仏の顔を発揮したのか定かではないが、三度で済まなかっただろう。

俺がいなかったら。

度を越えた愚行は、なかったかもしれないのだ。俺というリチャードのおまけがいなければ、そいつをダシにセクハラを正当化するような作戦は成立せず、ジュエリー・ショーに泥を塗るようなこともなかっただろう。

もし、あの時の副社長氏の顔に、ハイジュエリーのようなタイトルをつけるとするなら『憎悪』あるいは『怨嗟《えんさ》』だろう。初対面の相手に向ける顔ではない。俺の向こうに、彼は憎くて憎くて仕方がない人物の影を見たのだ。たとえば理事とか、彼がこれから行うであろう何らかの耐えがたい行為であるとか。そうしたらどうなるだろう。

今まで耐えに耐えてきたものが、爆発するかもしれない。

「中田さん？　また考えごとですか」

そうですと俺は受けあった。ヴィンスさんは変な顔をする。

「この副社長さんに、どうにかお会いできないでしょうか。呼び出してもらうとか……」

「無理でしょう。それこそナンバーツーですよ。言っておきますけど、私にもそんなコネはありませんからね」

「わかってます」

でも、この人は知っているのではないだろうか。

ジュエリー・ショーでアメン氏が何をしようとしていたのか。

だから俺のことをあんな顔で睨んだのではないだろうか。それ以外原因が思いつかない。

まさか親の仇《かたき》のそっくりさんなんてことはないだろう。

「何とかして話を聞きたいんです。会えないかな……きっと事情をうかがえると思うんです。今回のことにかかわる、具体的なお話を」

「仮にその人が何かを知っていたとしても、それを正直に部外者に話すかどうかは別問題じゃないんですかね、よく知りませんけど」

「……あ」

確かに。

いかに腹に据えかねる相手とはいえ、仮にも上司である。見ず知らずの相手に上役の不祥事を明かしてもメリットはないだろう。当然だ。会えばどうにかなるという話ではない。

万事休すか。

「大丈夫ですか。炭酸飲みます？」

「……大丈夫です」

「それより読まないなら返してほしいんですけど。それとも読めないんですか」

いやそういうわけではないのだが、心が折れそうになっている時に精読するのは骨だ。本当に申し訳ないのですが、ざっと説明してもらえますかと俺が頭を下げると、ポップスターみたいな風体の警備員さんは、嫌な顔一つせず、ちょっと得意げな顔で、中身を要約してくれた。買収の案件。理事の横暴。副社長の鬱憤《うつぷん》。ライバル企業からの引き抜きの可能性。その際に副社長が持ってゆくであろう『手土産』は何になるのか。

「手土産?」

「元ガルガンチュワの重役だったからこそ知りうる情報ってことですよ」

眉間に皺《しわ》が寄る。ちょっと意味がわからない。他の企業に買収され、芸術的な領域はさておき、個別のセクションは統廃合されるであろう会社の情報に、何の意味があるのだろう。俺が首をかしげると、ヴィンスさんはソファの上で脚《あし》を組んだ。

「中田さん、質問してもいいですか」

どうして展示室に、金属探知機があったんだと思いますか、と。

俺がぱちぱちとまばたきをする間にも、ヴィンスさんは横目で問いかけてきた。彼なりのレクチャーらしい。頑張って考えよう。金属探知機があった理由。日本の書店の万引き防止用ゲートみたいな風情だったが、何故あんなものがあるのか。普通に考えれば、硬い道具でショーケースを破壊されジュエリーを盗まれないように、あたりだろうが、それではは『手土産』の情報と結びつかないし、そもそも洋上でそんなことをしても逃げ場がないだろう。盗みが目的ではないのだろうか。ううむ。

お手上げの視線を向けると、ヴィンスさんはヒントを恵んでくれた。

「技術の進化で、昔は盗めなかったものが盗めるようになったんです。それは何かって話ですよ」

余計にわからない。技術の進化なんていうからには、精密機器か何かの話になるのだろうか。お手上げだ。俺が降参すると、ヴィンスさんは空になったグラスをテーブルに置き、俺に向き直った。

「中田さんは、レンダリングってわかります?」

「……わからないです」

「あー、そうか。ならアニメとか漫画は好きですか?　フィギュアは?」

「えっ?」

思ってもみない質問だった。どうだろう。あまり観ている時間がなかった。小さい頃に観た子ども向けの作品ならいくつかわかると名前を挙げると、ヴィンスさんはあからさまに失望した顔を見せたが、まあそんなもんですかねとぼやいた。この人はアニメや漫画が好きらしい。日本語を学ぶきっかけだったのだろうか。しかしそれとこれがどう関係する。

「一番わかりやすいのは、フィギュアの造形師のたとえかな。フィギュア、見たことあります？　人形の」

「あります。すごく精巧なプラスチックの人形ですよね」

「それです。細かい髪の毛のうねりや、細い指先なんかまで作り込んである品も多くて、場合によっては何千ドルもするものもあります。あれのキモって何だと思いますか？」

　一番のセールスポイントということか。フィギュア。普通の単語として解釈するならば、言葉の意味は『形』だろう。だったらもちろん。

「造形、ですね。形そのもの」

「へえ、冴えてる。それです、形です。フィギュアを造る職人さんのことを『造形師』とか呼ぶそうですけど、キャラクターを活《い》かすも殺すも形次第なんです。ジュエリー的に言うと、宝石の輝きを活かすも殺すもデザイン次第、ですかね」

「あ」

　案外早く二つの世界が繋がった。言われてみれば、ジュエリーとジュエル——つまり宝石を分けるのは、それが首飾りとか、腕輪とか、身につけられる形になっているか否かという部分だ。そしてガルガンチュワのようなハイジュエリーと、金銀プラチナなどの素材は同じだがそれほど値の張らないジュエリーの違いは、もちろん、加工の質だ。

　どうやって造っているのかわからないと、俺もあのトランプの形を見た時に思った。思えばこれほど不思議なこともない。目の前に物質として存在するのに、それがどうやって組み立てられているのかはわからないのだ。

「レンダリングっていうのは、データから画像を起こすこと全般を意味する言葉ですが、この場合は造形物を撮影して数値を計測することで、その立体を再現可能なデータ化する行為です。模写というより3Dコピーですね。専用の機材があれば『形』を盗むことができるってわけです」

「うわっ、そんなことができるんですね。じゃあ一度レンダリングされたら、同じものが製造できるってことに……？」

　そこまで簡単な話ではない、とヴィンスさんは否定した。仮に詳細なデータが取得され、ライバル企業の手に渡ったとしても、それを再現できる超一流の職人がいなければ、完全再現など夢でしかないと。確かにその通りだ。

　だがデータを参考に、類似品を造ることはできるだろう、とも。

「それだけにガルガンチュワにしてみれば、ある意味現物以上に盗まれたくないものかもですね」

「……類似品が造られるようになったら、『唯一無二』じゃなくなるから、ですか」

その通り、というふうにヴィンスさんが頷く。やっぱりこの人は俺の上司に似ている。リチャードがクラシック路線ならこの人はポップ・カジュアルだし、勤務中に炭酸飲料なんかごくごく飲んでしまうが、面倒見のよさと物知りっぷりはそっくりだ。

「じゃあ、俺がガルガンチュワに恨みを持っていて、組織の内部にある程度詳しい人間だったら、そのデータを外部に流せばいいわけですね。大ダメージになる」

「ただ流せばいいってわけじゃないと思いますよ。情報技術の世界みたいに、オープンソース、つまり誰でも閲覧《えつらん》できる形で公開されたら、技術を隠していた相手には打撃ですけど、受け取り手には『常識』が一つ増えるだけの話です」

「じゃあ、欲しがっている相手に、こっそり渡すってことですか」

それが一番ありそうな話ですかね、とヴィンスさんは言う。気のない声を装っているが、彼の眼差しは鷹《たか》のように鋭い。

「……この記事の最後に、そういう話が書いてありますよ。噂レベルみたいですけど」

「噂？」

「副社長だけが、個人的に中国系の複合企業との交渉を水面下で継続していて、彼だけが引き抜かれる形で会社を抜けるって」

ああ、それで『手土産』という語が出てきたのか。ヴィンスさんは鼻で笑っていた。

「ガルガンチュワ社員のロッカールームで、手荷物検査をしていた時にも、似たような話は小耳にはさみましたよ。『いくら組織運営に優れているといっても、あんな上司の言うことを聞き続けていた人間だし、そのくらいの土産がなければ受け入れてもらえないんじゃないか』とかなんとか」

「はあ……」

ため息が出る。事情がいろいろありそうなことはわかった。だがもう、正直。

「勘弁してほしいですね……」

平和にジュエリーを売ってくれ。それに尽きる。

「まあ給料がもらえるのなら、雇われ警備員としては何でもいいんですが」

可能性が海のように広がる。憶測だけでは限界もある。俺は眉間を右手でもみほぐした。

呻き声が漏れる。ナンバーツーの反目。副社長。M&Aと手土産。鳴った金属探知機。レンダリング。俺とリチャードを巻きこんだ陰謀。

どのくらいの時間、無残に呻吟《しんぎん》していたのかわからない。船の中には光は差してくるが、窓の外の景色は単調なので、時間の経過の皮膚《ひふ》感覚のようなものが失われてしまう。首に冷たいものを当てられて、俺がひゃっと呻くと、誰かが気のない声でふーんと言った。いや、気のない声を取り繕っている声だ。

顔を上げると、ヴィンスさんがジュースを持って立っていた。無料で配っているグラスの飲み物ではない。ペットボトルのラベルの文字からして、烏龍茶《ウーロン》のようだ。きんきんに冷えている。何故こんなものをと思っているうち、彼は豆でもまくような仕草で何かを投げた。キャッチすると携帯栄養食である。どちらも昨日の売店で見た覚えがある。

「何か食べたほうがいいです。血糖値が下がっているとパフォーマンスが落ちますから。ガソリンなしじゃ車は動かないでしょ」

「……ありがとうございます」

「いいえ、いいえ。楽しい夢を見ておいたほうがいいですよ。これからあなたは刑務所にブチこまれる可能性だってあるんですから。リラーックス」

「やっぱりヴィンスさんて、ちょっと変わってますね……」

「そうですか？　ありがとうございます」

そして俺は慎重に、漫画やアニメがお好きなんですかと尋ねてみたが、丁重に無視された。わかった。この話題にはあまり触れないようにしよう。俺はあまり味のしないクッキーと、美容によさそうなお茶をごくごく飲み、再びショーのあった展示室で聞き込みをし、ロビーフロアで必要なことをいくつか尋ねたあと、インターネットカフェに向かった。スマホが没収された今、外の世界の出来事を調べようと思ったらネカフェを使うしかない。アメン氏がいたら「だめだ」と言いそうな行動だったが、ヴィンスさんは細かいことは言わず、メールでも電話でもないのならと、俺の隣でぽちぽちとゲームをして時間を潰してくれた。調べたかったことはガルガンチュワの経営事情の話で、記事は当然のように英語ばかりだったが、翻訳《ほんやく》サイトの力もあって、それなりに知りたかったことは手に入ったと思う。そうこうしている間に、午後八時である。

俺は立ち上がり、目を赤くしながらリアルタイムバトルをしているヴィンスさんの肩をそっと叩いた。それにしてもフリーダムな人である。一応は勤務中ではないのか。

「咩事呀《メシア》？　何ですか」

「すみません。移動したくて」

「わかりました。どこへ？」

そして俺は、彼と共に豪華客船の地下、保安室へと戻った。おもてなしムードの上階から戻ってくるとなおさら、息苦しさを感じる。扉を開ける前に少し覚悟が必要だったのだが、ヴィンスさんはお構いなしにノックし、若干のタイムラグのあと、扉は開いた。

部屋の中は、パーティのような様相だった。

「リチャード、ごらん。この金色の模様はリモンチェッロで金粉を溶いたもので、ババロアにとてもよく合うよ。一口食べないかね？　また私が食べてしまうよ？　構わないのか」

「おじさま、もうしばらく画面を見つめていることをお許しください。もっとお召し上がりになっては？　三コマスキップしてください。十番目から十二番目のカメラまで同時に再生を」

「しかしさっきから君はずっとそう言うばかりで、何も食べてはくれないではないか！　チェスも放り出したままだ。私を退屈させるとはいい度胸をしている」

「ポーンをf3に。おじさまの手番です。反語的ですね。こと目を奪うような事件にことかかない場所では、退屈こそが最高のスパイスです。先ほどサンドイッチとミネラルウォーターをいただきましたので、食事に関してはご心配なく。再生をありがとうございました。おや……」

　奇妙だ。俺がこの部屋を出た時には、ここは無機質で無愛想な取調室だったはずなのだが、半日離れていた間にコペルニクス的転回が起こったらしい。俺が警備スタッフと対面させられていたテーブルの上には、お誕生日会のような豪華なケーキと、華やかな飾りのついた軽食が並び、壁際にはシャンパンクーラーの乗ったワゴンが所在なげに置かれている。白とロゼが一本ずつ。ほとんど飲まれていないが、ミネラルウォーターの瓶《びん》は三本空いている。使われていない椅子の上には対戦中のチェスセットや、英語で書かれた日本文学の本、使われた様子のないシェイカーやらビスクドールなど、よくわからない品が鎮座している。床の上には何故か大量のクッションとラグが敷《し》かれている。クリスタルガラスと陶磁の花瓶からは、それぞれ白いカラーと桜の花がどんと溢《あふ》れていて、もう何がなんだかわからない。ぱっと頭に浮かんだのは『魔界』という言葉だった。悪魔的な接待である。昼より明らかに人数の減っている警備員の方々は——多分荷物に追い出されたのだろう。明らかにスペースが足りない——解脱直前の修行僧のような、悟り澄ました我関せずの顔で、業務に集中している。やたらと眉間に、皺が寄っているような気はするが。

おもてなしの中心にいた男は、俺に気づくと、多画面ディスプレイの前の椅子から立ち上がり、目元を揉《も》んで微笑んだ。胃が冷たくなる。どれほど『頑丈な目』の持ち主だとしても限度があるだろう。ヴィンスさんは彼のボスに一礼し、何事かを話していた。変な動きはありませんでしたと報告してくれますように。俺も彼のゲームのことは言わないから。アメン氏が追って俺に気づく。

「おや、セイジくんかね。誰も君に戻れなどとは言っていないが」

「セイギです。気にしないでください。自主的に戻ってきただけです」

俺はできるだけ目玉を大きめに開いて、アメン氏に微笑みかけた。野生動物の中には、目玉を威嚇《いかく》に使う生き物も多いというが、俺にもそういう活用法ができるだろうか。

「もちろん俺は何も盗んでいませんが、重要参考人の立場だと思うので、寝る時にはここで休みます。俺が手の届く場所にいれば、俺の上司がここに留まる必要もないですよね」

「君のそういう賢《さか》しいところが私はどうにも好きになれないな。気を利かせるという言葉が、君の辞書にはないのかね」

「英語は勉強中なので、あまり語彙《ごい》が豊富じゃないみたいです。すみません」

「張り合いのある若者は好きだ。それでこそ潰し甲斐《がい》がある」

「おじさま。おじさまの手番ですよ」

「おっと、私のグランドマスターがお呼びだ。ほう……ほうほう、これは美しい盤面だ」

アメン氏がにこにこしながら白黒の遊戯盤を覗き込み始めたのを幸いに、俺はリチャードとの距離を詰め、可能な限り小声で、早口に囁きかけた。

「大丈夫か。本当に大丈夫か」

「ええ、目薬がありましたので」

「そうじゃない。あれは、どのくらい遠縁の『おじさま』なんだ」

「先々代伯爵の母系の親戚にあたります。星ほど遠いおじさまかと」

先々代伯爵。リチャードの曾《そう》祖父にあたる、忘れもしない七代目伯爵だ。遠い遠い宇宙の歴史の中の出来事のようだ。ここに彼が準備したごきげんとりの品物からしても、それなりに年季の入った付きまとい方をしているのが見て取れる。また胃が苦しくなってくる。親戚だからという理由で人付き合いを強いられるのは、日本の冠婚葬祭限定の古き悪しき伝統だと思っていた。

「もういいよ。大丈夫だ。今のうちに逃げろ。俺は平気だから」

「監視カメラのチェックに思いのほか手間取っていますが、順調に運べば明日の午前中には全てが明らかになっているかと。しかしここで私がカメラを見ていることは他言無用です。『おじさま』の無茶な強権もたまには役に立ちます」

ケーキをいかがですかとリチャードは微笑んだ。とろりとした金色のソースのかかったババロアだ。まだ一枚素顔の上に仮面をつけた相手と話しているような気がする。声をかける前にアメン氏が背後からするりと腕を回してきた。リチャードは嫌な顔もしない。

「美しきグランドマスター、ゲームを続けよう。今回は君にまいったと言わせてみせるとも」

「楽しみです。では」

リチャードは歌うような声で応じ、チェス盤につかつかと歩み寄ると、白い駒《こま》を一つ、進めた。白黒のチェッカーボードの上で、白と黒の兵隊が殺し合っている。アメン氏は嬉しそうな顔で手を合わせたが、徐々に顔から微笑が抜け、眉間に皺が寄り、首をかしげながらボードの周りを歩き回り始めた。難局なのだろうか。難局らしい。手が全く動かない。

リチャードは表情筋だけでにこにこしながら、『おじさま』を見守っている。

「次の手をお考えください。ちなみに間違えますと、次手で私がチェックを宣言することになるかと」

「待て待て待て。ヒントは不要だ。うむ……何ということだ。盤面すら美しいとは」

「せっかく二人で作り上げた盤面を、焦って台無しにされるのは興ざめですね」

一晩じっくりお考えになるというのはいかがでしょうと、リチャードは提案した。

俺は壁のほうを向いて、アメン氏に表情を読まれないようにため息をついた。現代のシェヘラザードにはこういう生き方もあるようだ。アメン氏は爆笑し、なるほど、なるほどと膝《ひざ》を叩いた。警備員たちはもはや迷惑そうな顔もしない。荒波や突風のようなものとでも思っているのか。

「それが君の推奨する今夜の使い方というわけか。よかろう、君に希《こいねが》われて拒否できる人間はこの地球上には存在するまい。私も今日は少し疲れた。だが明日には回復しているだろう。今夜は星でも眺めて、目を休めることだ」

「素晴らしい一手を返してくださることを楽しみにしております」

「君のそういう冷たい声もまた、私は愛《いと》しくてたまらないのだよ」

感謝しますという声を残して、リチャードは部屋を出てゆこうとした。アメン氏は外に控えていたクルーガー氏ほか若い社員二人に指示をして、部屋の中から用済みの飲食物を運び出させる。俺とヴィンスさんがおつかれさまですと会釈をすると、クルーガー氏は何かぞっとするものを見たように顔を背けた。どこもかしこも豪華な部屋は見ているだけでつらいが、一人で勝手につらくなることもまたつらい。元凶は俺なのだ。

次のサプライズの準備を考えていると思しきアメン氏が先に消えてしまったので、俺はリチャードを引き留めた。名前を呼ぶ。美貌の男は振り向いた。

この男はいつでも美しい。

でも今はその美しさが、とても苦く感じられる。

名前を呼んだが、言葉が続かなかった。ごめん。ごめんごめんごめん。本当にごめんと伝えたい。俺のせいでこんなことになったのだ。だがまだ謝っていい状況ではないこともわかっている。謝るというのはある種の対価を要求する行為だ。謝罪するかわりに許してくれという意味にもなりうる。俺はリチャードに許してほしくない。まだこの事件がどんな顚末《てんまつ》を迎えるのかわからないからだ。全力でもがいてはいるのだが、意味があるかどうか。

ただ、言葉にしない程度の、謝罪を告げることは、許してもらえたら嬉しい。

申し訳ない。

工事現場のボーリング機材のような重量の心苦しさを削りに削り、数秒の眼差しで伝えられるだけ伝えると、俺は美貌の男の隣を通り過ぎた。リチャードは何も言わなかった。ありがたい。励《はげ》ましでも慰《なぐさ》めでも、何か言われたら残りの大質量が口から飛び出してきそうだった。

後ろ姿を見送ったあと、回れ右をして保安室に視線を戻すと、すぐ傍に黒い瞳が待ち受けていて面食らった。ヴィンスさんは俺より少し背が低い。俺とリチャードが大体同じくらいか、リチャードが少し高いくらいなので、この位置に誰かの目があるのは新鮮だ。

「中田さん、本当に変な人だなあ」

「……え？」

「ずっと調べものをしていた時より、今のほうがしんどそうな顔してますよ」

実際この、何かを買おうとする試みが連綿と綴《つづ》られた『おもてなしルーム』の惨状を見るほうが、調べものの何倍かしんどいので、その見立ては外れていない。しかしそんな弱音を吐きたくもないので、俺が曖昧《あいまい》に微笑むと、ヴィンスさんも微笑み返してくれた。

『ふーん』の顔だ。眼差しは鋭いが、意図は読みきれない。

「ヴィンスさん、今日は本当にありがとうございました。明日もよろしくお願いします」

「明日も出歩くんですか？　あなたの上司は『午前中には片がつく』って言っていたでしょう」

それはそうだが、俺だってただ無為に調べものをしていたわけじゃない。明日のプランを練っていたのだ。また歩き回っていただくことになったらすみませんと頭を下げると、ヴィンスさんは呆れたような顔をしたあと、不思議な言葉で独《ひと》り言《ご》ちたあと——さっき声をかけた時のような、英語でも日本語でもない発音だった——壁のほうを向いたまま喋った。

「一つだけ。穴から抜け出そうとしてもがく狐が、勢い余ってもっと深い穴に落ちたっていう故事があります。意味がわかりますか」

「わかると思います。『踏んだり蹴《け》ったり』ですかね。そうならないように」

「ああ、ああ、そうですね。意識してそんなことができるなら、多分あなたはここにいない。それにあなたが深い穴に落ちても、スマートでクールで気の利きそうな人が下りてきて、丁寧に引っ張り上げてくれるなら、二の足を踏む理由はないか」

胸の奥に矢を撃ち込まれるような言葉だった。

その通りだ。

もしこの場にリチャードがいなかったら。いや、俺が宝石の道を志《こころざ》した理由の中央にいるのがリチャードである以上、意味のない仮定かもしれないのだが、もし俺が一人でこの事態に巻き込まれていたら――どうしようもなくなっていただろう。さようなら前途。さようなら前科のない経歴である。

一体俺はいつまで、呑気《のんき》にあいつに助けてもらうつもりでいるのか。

「それじゃごゆっくり。おやすみなさい。私のシフトは八時からですが、あなたの監視業務は継続だそうですので、あなたが起きたらボスから連絡が入ります。よく寝てくださいね」

そうしますと頭を下げて、俺は若い中国人と別れた。保安室の奥には二段ベッドが並んでいて、恐らくは男性と女性を収監しなければならなくなったケースを考えて、個室が二つ設《しつら》えられていた。うち一つをお借りする。天井には監視カメラがある。ありがたい。これ以上の冤罪は御免だ。毛布は一枚で、トイレは剝《む》き出しで、窓のカーテンは閉まりきらなくて着替えもないが、まあ何とかなるだろう。欧米の人は寝る時に服を豪快に脱いでも気にしないはずだ。パンツ一枚でも凍えるような気候ではない。

俺は目を閉じて無理やり眠ることにした。日本にいる友達の顔が浮かぶ。実はこんなことがあってさと、この経験を屈託なく語って笑い飛ばしているところを想像する。そのためには眠らなければ。明日も頭を働かせるために。

忘れてはならない。俺はここにリチャードを助けに来たのだ。
その逆は絶対に御免だ。

Day3

航海の開始から三日目。

今日の午後には、船は港に寄港する。俺の『執行猶予《ゆうよ》』のタイムリミットだ。

目覚まし時計はなかったが、案の定俺は朝早く起こされ、再来年の二月が賞味期限と書かれているビニールパックのパンと、成分完全調整の謎のジュースに、ナッツのパックを一袋いただいた。手を合わせていただく。食事が終わった頃に、紺碧《こんぺき》の海から火の玉のような朝日が昇ってきた。夜明けの巨大な太陽は、スリランカで随分《ずいぶん》慣れていたつもりだったが、やはり何度見ても美しい。できることならこの美しさを、何の苦さもなく鑑賞できるようになりたいものだ。

午前八時になるまでひたすら筋トレをしていると、警備員用のシャワールームを使っていいという申し出があり、濡れた髪のまま保安室のメインルームに戻ってくるとヴィンスさんが待っていた。何故《なぜ》か右手に紙袋を持っている。

「中田《なかた》さん、おはようございます。シャツだけでも着替えますか。サイズが合わないかもしれませんけど」

これと彼が差し出してくれたのは、白いシャツとタンクトップだった。ありがたい。本当にありがたい。クリーニングして返しますと頭を下げると、そういうことができるといいですねとヴィンスさんは笑った。縁起でもないが、本当にその通りだ。個室に戻って、俺は二日連続で着ていたシャツを脱ぎ、差し入れてもらったタンクトップとシャツに慎重に袖《そで》を通した。少し小さいがきちんと入る。

再び戻ってきた時には、ヴィンスさんは昨日とは違うボスと喋《しゃべ》っていて、リチャードが監視カメラの件の相談をしていた。責任者がいないことにはと言を左右にされているので、やはりあの厄介《やっかい》な『おじさま』がいないことには、あいつの仕事は始められないらしい。俺が口元を歪めながら見つめていると、美貌《びぼう》の男はちらりと振り返り、優雅に会釈してくれた。目元が少し疲れている。もう少し寝ていたかっただろうに。

ボスとの話が終わったタイミングを見繕《みつくろ》い、俺はヴィンスさんに話しかけた。

「いきなりで申し訳ないんですが、今から二階の展示室に行っても構いませんか。ジュエリーが気になって。ショーが終わっても、航海の間はジュエリーを観られるんですよね」

このことは昨日確認した。スペイン系の女性社員さん曰《いわ》く、ガルガンチュワのインビテーションを持っている人間ならば、航海の間は何度でも会場に出入りできるという。

ただしメインイベントであるショーの時とは違って、品数は減る。警備員をいつもフル回転させるわけにはいかないのだろう。理にかなっている。品物によって展示時間は違うんですかという質問に、ええそうよと彼女は笑顔で答えてくれた。見ていたのは俺ではなくヴィンスさんだったが。

たとえば『ハートの女王』が展示されるのは、今日の午前中までであることも。

「構いませんけど、時間が早すぎますよ。展示が始まるのは十時からです」

確かに銀座《ぎんざ》のショーウィンドウのジュエリーも、お店の営業時間が終わるとウィンドウから撤去され格納されていた。見張りなしで放置するような価格帯の品物ではない。

「でも、空っぽの展示室も、可能なら見ておきたいんです。許可がいただければ」

ヴィンスさんはまた、厳しい目をしたあと、ボスに確認を取って、私が付き添っている限りはOKですという回答をくれた。ありがたい。

俺はリチャードに軽く手を振って保安室をあとにした。笑う余裕はなかった。怖い顔だと思われていないことを祈る。入れ替わりに入ってきた誰かは、それはもう嬉《うれ》しそうな顔で、チェスのことを口走っていた。気のせいでなければ今日は金ラメのスーツを着ている。彼は完全に俺を無視していて、手には花束を抱えていた。よい手が思い浮かんだのだろうか。できることなら俺もそういう手が欲しい。突破口になる手が。

何が起こるにせよ、今日は俺がいろいろな選択を迫られる日になるのだろうし。

「中田さん、行かないんですか」

「今行きます」

ヴィンスさんの声に促《うなが》され、回れ右をした俺の背後で、分厚い扉が閉まった。

二階の展示室には三人、警備員が控えていた。まだ虎《とら》の子のジュエリーは到着していないが、これからやってくるのだから、このくらいの厳重な警備もむべなるかなということか。ヴィンスさんが挨拶《あいさつ》して身分証を見せると、彼自身は部屋に入ることができたが、部外者の俺は不可だと言われた。そういうものだろう。

三か所ある出入り口の左右には、いずれも黒いプラスチックのゲートが設置されている。空港の金属探知機と確かに似ている。しかしスマホをそっとゲートの間に差し出しても、音が鳴らない。まだ通電していないのだ。

何をやっているんだという眼差《まなざ》しを向けられ、俺が微笑《ほほえ》んでその場をあとにすると、一人中に入って様子をうかがってくれていたヴィンスさんが戻ってきて、肩をすくめた。

「特に異常はないそうです。今朝になってわざわざここを訪れたのも、私たちだけだそうですよ」

「そうですか」

ではまだ来ていないということだ。だがそのうち。多分そのうち。

俺の希望的観測が外れていなければの話なのだが。

就活の終盤の面接に挑むような気持ちになり、壁際で深呼吸していると、ヴィンスさんが咳払《せき》いした。勝手に盛り上がるなということだろう。すみませんと振り向くと、思っていたより近くに、怒れる黒い瞳があった。

「別に説明の義務があるとは言いませんけど、気になるんですよね。あなたが何を考えてるのか。同行しているのは私なので」

道理である。

まだ確信はないことだし、おおっぴらに話すようなことでもないが、俺たちは日本語で話している。日本にいる間は当たり前だったことにこんな意味が生まれるなんて思ってもいなかったが、俺とヴィンスさんとリチャード以外に、この船に俺たちの言葉を理解できる人はほとんどいないだろう。

それでも一応あたりを確認して、展示室から十メートルくらい離れた場所まで歩いてから、俺は口を開いた。

「あの、これは本当に俺の妄想《もうそう》みたいなもので、何の証拠もない話なんですが」

やはり俺が気になるのは、他企業への再就職の噂《うわさ》が立っているという副社長である。

昨日の夕方、ロビーフロアで申し込んだ面会取次依頼が「そういう業務は行っておりません」で潰《つい》えてから、俺はネットカフェで情報収集に勤《いそ》しんだ。次に気になるのはヴィンスさんがロッカールームで聞いた言葉だ。『人の言うことを素直に聞くくらいしか才能がない男だから』。組織の中で上司の命令に従うのは当然だと思うが、それを揶揄《やゆ》するような響きがある。

目を皿のようにしてネット上の英語の記事を漁《あさ》ったが、ガルガンチュワ理事の悪評は出てこなかった。ジュエリーに携《たずさ》わる企業は特にイメージを大切にする。職種を考えれば当然のことだろう。しかし昨日の関係者向けジュエリー・ショーの様子を思い出せば、「みんな知っているけれど言えない」という暗黙の了解が成立していると考えるのが自然だ。

しかしそのためには、誰かが理事の行動を把握《はあく》して、対応しなければならないはずだ。おわかりですよね、ご内密に、と言って回るような尻ぬぐい役が。

ひょっとしたらそういうことに、副社長も関係していたのかもしれない。

理事と副社長が反目した理由は、ニュースではM&Aのお膳立てをひっくり返されたことだと書かれていたが、もし『真相』が存在するのならば、そのあたりのことに関係しているのではないかと俺は推測した。

程度にもよるとはいえ、職務上の関係しかない相手に大きな憎悪を抱くことは難しいと思う。どうせ仕事の付き合いだしと割りきりやすい。だが公《おおやけ》にならない暗い秘密の領域で、いやいや協力してやっていた相手から、乱雑に扱われたとしたら。

憎悪と怨恨《えんこん》の眼差しを向けたくなっても、おかしくはないと思う。

「ふーん。でもそれと今回のジュエリー・ショーと、何か関係があるんですか」

「あってもおかしくないかなって……関係者向けショーの最中、考えてみれば、俺、副社長には会わなかったんです。見逃したってことはなかったと思います。昨日ヴィンスさんに写真を見せてもらった時には一発でわかったし」

「他に業務があったとかじゃないんですか」

「豪華客船の上ですよ？　せめてショーの前には終わらせるんじゃないかな」

しかし、俺が昨日、もう一度こりずにガルガンチュワの社員さんに聞き込みに行ってみると、彼女たちは副社長を目撃したという。ショーの終わりに、関係者それぞれに挨拶をしていたそうだ。遅れてやってきたということだ。俺とリチャードと、それを追う誰かがいなくなった頃合いに。理事がいないことが重要だったのか、あるいは『予定されていた』セクハラを目にしたくないと思ったのか、あるいはどちらでもない理由か。

警報機が鳴ったという報告があったのも、そのくらいの時間だったはずだ。

「待ってください。じゃあ中田さんは、警報機が鳴ったのは副社長が原因だって言ってるんですか」

「可能性はあると思います。警備が手薄になった時間を狙ったようにも思えますし」

「どうして。何のために」

　ヴィンスさんが驚いたように眉を持ち上げる。確信はない。全然ないのだが。

「たとえば……昨日教えてくださった、レンダリングをして」

　ハートの女王のデータを取ったり、と俺はもごもご言った。

　一拍おいてから、ヴィンスさんは肩を落とした。

「冗談でしょ。タイミングが最悪すぎます。衆人環視の中でレンダリングをしたがる人がどこにいますか」

「でも、機会がジュエリーが展示されている間しかないなら、衆人環視の中しかチャンスはないですよ。それに、目立つ問題は機材次第でクリアできそうだし」

「はあ？」

　ネットカフェで、ガルガンチュワのニュースの他にも調べたのは、ヴィンスさんが話してくれたフィギュアの造型師さんの情報だった。彼らの品物をスキャンしようと追いかけるレンダリング業者に頭を悩ませ、こういう悪質なスキャンをする人間がいるからと、ブログなどで仲間と情報の共有をしている。俺もそこにあやかることができた。

　三百六十度鑑賞できるケースに入れると、詳細なデータをとられることがあるとか。

ポケットに忍ばせておくだけで撮影できるカメラや、豆粒よりも小型のカメラも出始めたから心配であるとか。

あざといやりかたとして紹介されていたのは、展示ケースの側面の、ガラスと土台のつなぎ目あたりに、目立たないようにあらかじめ小型カメラをつけておくというやり方だった。清掃業者の人がレンダリング業者の人と結託していたらしく、仕掛けの済んだケースの中に現物が入ったらリモコンでスキャンを開始、展示終了時に再び清掃業者がカメラを回収という手はずになっていたそうだ。

金属探知機が反応したのはハートの女王の部屋だったはずだ。レンダリングが終わっていたら、犯人は現れないだろうが、もしまだ不完全だったとしたら。

今日の朝、展示が終了するまでの間に、必ず現れるはずだ。

ヴィンスさんは頭が痛そうな顔をしていたが、つやつやの髪を右手の親指と人差し指で整えつつ、俺のことを斜めから見ていた。

「えー、じゃあ、中田さんの仮説では、昨日の金属探知機の反応は誤作動じゃなく、ジュエリーのデータを盗むための機材の持ち込みに対する反応で、それをやったのはあなたを睨んだ副社長、その理由は再就職のための『手土産の取得』ってことでいいんですかね」

「………仮説です。確証はないですけど……」

「わかってますよ。日本語のわかる人が私だけでよかったですね。言いがかりで名誉棄損《きそん》になりかねませんよ」

「それもわかってます。砂上の楼閣《ろうかく》みたいな話です。でも」

もしそうだとしたら、ここで待っていたら、副社長が来るかもしれない。

結局のところ、俺の狙いはそれに限るのだ。

彼が本当にレンダリングをしていたかどうかは正直どうでもいい。問題なのは彼が、理事の悪行を知っていたかもしれないということだ。彼に会いたい。しかし会えない。もし会って話を聞いてもらえたら、彼が俺とリチャードの陥った状況を理解して、助け船とまではいかなくても何らかの便宜《べんぎ》をはかってくれるかもしれないのに。憶測と妄想の上に希望を重ねる地獄《じごく》のミルフィーユをつくりあげている自覚はあるが、この船が次の停泊地、シャーロット・アマリーに到着するまでの間に、俺がとれそうな手段はそれくらいしか浮かばなかった。それとも他にあるのか。ただ待つ以外に何か。

ジェフリーは助けると言ってくれたし、リチャードも監視カメラの問題は解決できると言ってくれていた。だがそれとは別勘定で、それまでにできることを全てやらなければ、死んでしまいそうなほどつらい。今この時間、実は理事とマブダチだった副社長が再就職のことなど考えずベッドで熟睡しているだけだとしても。

　俺がうつむき、朝早くから付き合わせてしまってすみませんと謝罪すると、ヴィンスさんは驚いた顔をした。

「どうしてですか？　けっこう感心していたんですよ。そういうこともあるかなーって」

「え？　でも、名誉棄損だって」

「客観的に考えればって話です。いいじゃありませんか。メンバー全員を集めて推理を披露する名探偵じゃないんですから。私はその話、嫌いじゃないですよ」

「……会社の副社長が、部下に『このジュエリーの３Ｄデータが必要だから送付して』って言わないで、レンダリングをするか、ってところも問題ですけど」

「は？」

　そんなことできるわけないじゃないですかとヴィンスさんは早口に言った。俺がぽかんとしていると、彼はハーッと乾いたため息をついた。

「もしそんなことができるようなシステムがあったら、名だたるメゾンのデザインの秘密が、今に至るまで守られているわけがないでしょ。そんなデータを、作成者が独断で誰かに送付するとか、無理でしょ。絶対、無理です」

　頭の中身が豆腐なんですかと彼は真顔で言った。

「すごいな。そんなことも知らないで、今の仮説を立てるなんて」

言葉通り褒められているとは思わないほうがいいだろう。ひたすら恐縮するばかりだ。目も合わせられず首振り人形のようにお辞儀をしていると、ヴィンスさんは笑った。今まで耳にしたどの声よりも、優しい声色《こわいろ》で。

「までも、本当にすごいですよ。中田さんは」

「え？」

「諦《あきら》めないところが」

「……そうですかね」

単純に、俺がうっかりしすぎているだけの話だろう。

こんな理由で大事な人間に危害が加わるなんて許せない。

だったら諦めずに喰《く》らいついてゆくほかない。

顧《かえり》みる部分の多い人間ですと俺が苦笑いすると、ヴィンスさんはふっと顔をそむけた。

「反省する部分なんか何にもないって思っている人間より、私はそういう人のほうが、百倍まっとうだと思いますけどね」

「……そうですかね」

「あ、今のは褒《ほ》め言葉じゃなくて、ただのフォローです。念のため」

「……ありがとうございまあす！」

注文を受けた居酒屋の店員さんみたいな声でお礼を言ってしまった。この人に正面から感謝の意を伝えるのはちょっと難しそうだ。シャイな人なのかもしれない。

俺たちはそのまま、目立たない場所で待機を続けた。どうなるかはわからないが、他にできることも、今の俺には思い浮かばない。

何もないかもしれないが、ありがたいことにヴィンスさんが付き合ってくれるというし。

が、予想に反して本当に警報ベルは鳴った。待ち続けて三十分ほど経った頃合いだった。

俺たちは同時に展示室に目をやり、ヴィンスさんは暇つぶしに覗《のぞ》いていた端末をポケットにしまった。反応があったのは、展示室ではなく、回廊の入り口あたりのものらしく、三人いたはずの警備員のうち二人が、無線を確認しながら展示室を出てゆく。ヴィンスさんが舌打ちをした。危なっかしいことをと言いたいのだろう。

「ヴィンスさん、一緒に隠れていてもらえますか」

「……私の業務はあなたの監視ですよ。傍にいるに決まってるでしょう」

俺は一礼して、一番近くの階段を駆け上がり、手すりの傍にある椅子の陰に隠れた。展示室の出入り口が全て俯瞰《ふかん》できる場所で、急いで階段を下りれば一分弱で部屋に到着できるだろう。昨日から見繕っていた場所だ。

ガルガンチュワのことを考えれば、ヴィンスさんは一人で残された警備員の応援にゆくべきだろう。だが俺にしてみるとこれはチャンスだ。何かが起こっている。『ハートの女王』はまだケースの中にはないが、どこに展示されるのかはわかっているし、立ち入り禁止時間でもない。

一人残された警備員は、手持ち無沙汰《ぶさた》に仲間たちが消えていったほうを眺めては、気もそぞろである。一番端の展示室には目が届かない位置だ。

身をひそめながら、事態のゆく末を見守っているうち。

現れた。スーツの男だ。特に目だし帽やマスクをつけているわけでもないので、顔立ちもはっきり見て取れる。

俺は呻《うめ》き声を殺し、囁《ささや》いた。

「ヴィンスさん、あの、あの人」

「わかってますよ」

副社長本人だ。

めまいがする。それは、考えてはいた。彼かもしれないと思ってはいたが、冷静に考えて、陰謀を巡らせる余裕があるのならば誰か下っ端にそういうことはやらせるのではないか、裏で糸を引いているのが彼なのではないかと、俺は想像していたのだ。

だがあれは本人だ。堂々としているようにすら見える。

見つかったらどうするつもりだと考えたところで、逆だと俺は思い至った。見つかって困ることをしているように見えなくて、しかも重役の関係者であれば、こそこそするより行動しやすいだろう。警備員に声をかけられても、適当に言い抜けてしまえばいい。心臓に毛が生えていなければできそうもないことだが。

スーツの男は箱のようなものを懐《ふところ》に忍ばせているようだった。せいぜいスマホより少し厚いくらいの手の平大だ。警報機は鳴らない。この部屋の機材はまだ通電していないのだ。警備員が見ていないのを確かめたあと、『ハートの女王』の展示ケースの前まで大股に歩いていって、懐の箱を取り出すと、素早く開き、何かを張り付けた。ものすごく小さい。あんなカメラがあるのだろうか？　時限式のカメラがあると聞いてはいたが、あんな小型もあるのだろうか。いや今はそんなことを気にしている場合じゃない。

ケースを取り囲むように、三か所に小さな豆粒のようなものを張りつけたあと、彼は立ち去ろうとした。行くなら今しかないと思う。

「すみません！　待ってください！　あの、お話を」

俺が声をあげると、副社長はびくっとして硬直し、ややあってから無言で張りつけたばかりの何かを回収し、懐に戻した。そして早足に歩き去ろうとする。まずい。できるだけ驚かせないように接触したかったのだが、これじゃあ現行犯逮捕を狙っていたようなシチユエーションである。俺が階段を下りきる頃には副社長は小走りになり、ヴィンスさんも黒い風のように走り始めた。こうなってはもう俺も走って追うしかない。

背広の男は走って逃げてゆく。待ってほしい。百歩譲って本当に俺の想像通りのことを彼がしていたとしても、俺が一番彼に聞きたいと思っているのはそのことではないのだ。理事のやっていたことを、と走りながら説明できれば世話はない。

お願いですから待ってください、話を聞いてください、と言いながら俺は走っていたのだが、副社長は出発直前のエレベーターに乗り込んでしまった。階段、と言うヴィンスさんの声に促されるまま先回りをするが、下りすぎてしまったようで、一階層駆け戻ることになった。一張羅《いっちょうら》のスーツで全力疾走する羽目になるとは思わなかった。どこも破れていませんように。

見失ってしまったターゲットを探し回り、手分けしてロビーフロアを探し回るうち、俺たちは耳慣れたブザーを聞いた。金属探知機のゲートだ。今回の警報は短い。でもどこだろう。こんなところに展示室はなかったはずだ。音のするほうに慌てて駆けてゆくと、俺たちはロビーフロアの最奥部にたどり着いた。

きらきら輝く電飾と、大きな金属探知機のゲート。そして警備員。

関係者以外立ち入り禁止区域、などではない。

「……カジノだ」

「カジノですね。参るな。ここは私たちの会社の警備管轄じゃない」

「別の会社なんですか」

「こういう施設向けの、専門の警備会社がありますから」

ようこそという電飾がまぶしい。まだ昼前だが、カジュアルな服の高齢者でそれなりに混雑している。ドレスコードはないようだ。その奥に、背広の影も見えた。

ヴィンスさんが、彼よりかなり身なりのいいサングラスの警備員に話しかけ、あれはガルガンチュワの副社長かと尋《たず》ねた。警備員は最初首をかしげていたが、ヴィンスさんが端末で副社長の顔写真を呼び出し提示すると、ああ今来た人ですねと奥を指で示した。

何故こんなところに逃げ込む。この場所には特別室か何か、逃げ込めばおいそれと手出しができなくなるような場所でもあるのだろうか。ヴィンスさんは舌打ちせんばかりの凶相で腕組みしている。

「………そうか」

「どうしたんですか。中に入らないんですか」

「中田さん、見えますか。あそこ」

白い手の示す方向に、俺は目を凝《こ》らした。一番手前に見えるのはパチンコ店のようなスロットマシーンの行列で、その後ろにルーレットが三台とバーカウンターが設《しつら》えられていて、そのさらに向こう側。

　球のないビリヤード台のような場所に、四人ほどの観光客然とした客人と一緒に、背広の男が腰かけていた。トランプゲームをしているらしい。

「あれ、勝ち抜け用のテーブルです」

「勝ち抜け用？」

「何て説明したらいいかな。一度テーブルについてしまったら、ゲームが終わるまで退席できないんです。大した額を賭《か》けるところじゃないんですけど、ギャラリーができますから、客寄せに便利なショーテーブルみたいなものです。居座るには最適な場所ですね」

「ゲームが終わるって……？」

「普通に考えれば、誰かが大勝ちして他の全員が降参するか、船が港に到着するかじゃありませんか」

　時間がかかりそうだ。第一印象が最悪だと苦労するというのはこういうことか。

「どうしたらいいのか……捕まえに来たって思われてますよね」

「それ以外の何なんですか。私はガルガンチュワの雇われ警備員ですよ。不審者がいたら捕まえるのが仕事です」

いや俺はそんなことは特に望んでいなくて彼の話を聞きたいだけなんです、と言える状況ではない。こんな局面を無視したらヴィンスさんだって職務怠慢《たいまん》で処分されるだろう。こういう事態に対応するために、宝飾品会社は警備員を雇っているのだ。それにしても、砂上に建てた地獄のミルフィーユを、まさか本当に食べる羽目になるとは思っていなかった。

ちょっとカジノにお邪魔して、その場しのぎでも母危篤《きとく》などと言って誘い出し、話を聞くことができれば何とかなるのではないかと俺が提案すると、ヴィンスさんは嫌そうな顔で笑った。

「権力と時間の問題になりますね。この船で一番の権力者は、あの着道楽で脳内がアンティークの理事でしょうが、社長不在の今、二番目は彼です。展示室から全力疾走で逃げましたよねって言っても、しらばっくれられたらどうします？　ねちねち因縁をつければご足労願えるかもしれませんけど、私は御免被《こうむ》りたいな。ただの雇われ警備員ですから、一歩か二歩間違ったら、次の就職先に推薦《すいせん》してもらえなくなるような事態は避けたい」

「そういう責任は俺が」

「それからタイミングの件について。あと二時間で港に到着します。下船する人たちは、一時間くらい前から動き始めますから、実質一時間くらいか」

「え」

腕時計を確認する。十一時だ。寄港は十三時のはずである。俺の表情が曇《くも》ると、ヴィンスさんは口の形だけで微《かす》かに笑った。

「……愚《おろ》かなことをするわりに、こういうところでは頭が切れるんだな」

「俺のことですか？」

「違う。副社長ですよ。私があの人だったら、到着までカジノで粘って、船が港に到着したタイミングで、人波にまぎれて移動、さりげなく船を降ります。一度船を降りてしまえば、何を持っていようが決定的な証拠にはならない。それで終わりです」

「で、でも、一時間もあれば何とか……」

「彼が座っているテーブルのゲーム、どのくらい続けられるかご存知ですか？　ワンゲームなら五分で終わりますけど、回数制限なんてありませんから、勝ち続ければ十時間くらい粘れます」

つまりあそこにいる彼は『誰とも何も話したくないし、逃げ切る』と主張しているということか。

とりあえず無線で増援を呼びますとヴィンスさんは言った。カジノの中に入る気はないらしい。確かに、この中で職務質問をするのは無理だろうし、外に連れ出そうとしても、場所が場所だけに、荒っぽいことをしたら警備員にすぐ介入されるだろう。

あと二時間。実質一時間と少し。

その間に冤罪《えんざい》を証明できなければ、アメン氏は俺が犯人だということにすると言った。

冗談ではない。もしそうなったとしてもまだまだ食い下がるつもりではいるが、それでも。

嫌なことばかりが頭をよぎる。もしそうなったとしたら。

理事のどうしようもない陰謀を、あらかじめ知っていたと思しき人間に、本当のことを語ってもらえさえすれば。的外れであったとしても、何も言ってもらえなかったとしてもせめて喰《く》らいつかなければ。

懐を確認する。財布は没収されていない。中身も健在だ。

何とかなるだろうか。ちょっと危なっかしい作戦ではあるものの。

「ちょっと。中田さん、何をしているんですか。何を考えてるんですか」

「すみません、チップを買う窓口を探していて」

「はあ?」

カジノに入ったことはない。しかしカラフルなチップが入ったプラスチックのお盆を抱えている人たちの姿を見るに、パチンコ屋の銀玉のように、多分ここではあのチップが必要になるのだろう。ここで勝負をするためには。

意味がわからないという顔をするヴィンスさんに、俺は申し訳ないという気持ちで手を合わせた。でもここから先は大丈夫だ。見張っていてもらえればいい。

「できるだけ早く、戻れるように頑張ります」

「中田さん、中田さん！　ちょっと」

腕時計を警備員に渡して、ゲートをくぐる。スマホは没収されているから、今の俺が身につけている金物はベルトくらいだろう。窓口で身分証を提示して、とりあえず十万円くらいチップに換えてもらう。金銭感覚がおかしくなりそうだが、足りるだろうか。その場合はもう一回、同じだけチップがもらえそうな額は財布に入っている。旅先では何が起こるかわからないから飛行機がキャンセルされた場合に必要になるくらいのキャッシュは最低限懐にいれておけと、美貌の大明神さまが教えてくれたのだ。それが今役に立っている。

にこにこしながら奥のテーブルに近づいてゆく。座っていいですかとディーラーに確かめると、ドレッドヘアの黒人の女性は、ここは特別なテーブルで、サレンダーを宣言するか、誰かが勝利するまでは、離席できませんがよろしいですかと、どきどきしてしまうような笑顔を浮かべて俺を覗き込んできた。ただし一時間後、下船準備のアナウンスが流れたら、そこでゲームを終わらせますとも。自分とは全く違う色の皮膚《ひふ》をした人と英語で言葉を交わすたび、俺は何故かほっとする。今までとは違う環境に置かれてはいるものの、誰ともコミュニケーションがとれないわけじゃないんだなと。

俺はイエスと頷《うなず》いた。

テーブルにはディーラーと副社長を含め、六人いた。俺の隣のパイナップル柄のアロハシャツを着たおじさん、友達グループと思しき中年の三人。男友達二人とどちらかの配偶者が一人という感じだ。皆さん愛想《あいそ》よく、六人目の客に挨拶をしてくださった。

副社長もまた、まっすぐに俺を見つめ、輝く白い歯で微笑みかけてくれた。不気味だ。俺が走って追いかけていたことくらいわかっているだろうに。初めて出会った時よりも、顔立ちは若々しく見える。これからキャリアを築いていける人だろう。改めて眺めると、体つきもがっしりしていて、ジムで鍛えるのが好きなのかもしれない。本当にこの人は、俺が考えていた通りのことをしていたのだろうか？　ただの勘違いで、特に会社の不利益になるようなことは何もしていなかったのではないか？　不安が兆《きざ》すが、俺も微笑み返した。嬉しくなくても人は笑える。

ゲームのルールを説明しましょうか？　とディーラーに尋ねられたので、お願いしますと俺は頷いた。とはいえ自分の中ではもう、どんなルールであってもやることは決まっているのだが。

テーブルの上に五枚のコミュニティカード。これは全員が見られる。プレイヤーごとに手札《ホールカード》が二枚。これは自分の分しか見てはいけない。七枚の札を使って、手をつくり、みんなで競い合う。一番最初にカードを配られる人は、一ゲームごとに時計回りに巡っていって、一番目と二番目の人がそれぞれ、最初に一ドルと二ドルのチップを払う。賭け金になるそうだ。強制的に払わされるので、ゲームの代金を全プレーヤーが持ち回りで払う仕組みか、あるいは最低賭け金のようなものだろう。そこまで聞いて俺は、なるほどこれはポーカーのテーブルだったのだなと理解した。五枚の手札でトランプの絵合わせをして、強い組み合わせを持っている人が勝つゲームだ。絵合わせにはそれぞれ、スリーカードとか、ストレート・フラッシュとか、かっこいい名前がついていて、経済学部のゼミに入りたての頃、ギャンブル漫画にはまっている先輩に誘われて、手を叩きこまれたことがあった。人生どこで何が役に立つかわからないものだ。あの時には五枚の札を全員に配るゲームだったが、これは全員が五枚の札を共有して、相手の手を読み合うタイプのポーカーのようだ。

わかりましたと俺が頷くと、ディーラーはカードを配り始めた。

思い出す。ばあちゃんの言葉を。

俺が小学六年生の頃。何故そんな話題になったのか、今となっては覚えていないのだが、ばあちゃんはいつもより少しだけ上機嫌で、いつもとは少しだけ違う話を幼い孫に聞かせてくれた。

賭け事に、絶対に負けない方法を知っているかと。

そんなものがあるのかと俺は目を丸くした。ばあちゃんは「ある」と言いきった。そしてまずは『賭け事に負けないこと』とは、何を意味するのかというところから教えてくれた。

自分の手札は確認した。何かをしますか、とディーラーに確認されているがよくわからないので、続けてくださいという意味で頷く。まあそのうちわかってくるだろう。

ディーラーが五枚のコミュニティカードを置き、一枚一枚札をオープンしてゆく。クラブのジャック。ハートの三。スペードの八。ここでまた間。次のカードを開く。スペードの七。最後の一枚が開く。スペードの五。フォールドと三人が告げた。『このゲームは辞退』という意味らしい。本当に降参する時にはサレンダーだと隣のおじさんが教えてくれる。離席するための言葉か。できればその言葉は使わずに済ませたい。今回の勝負には、俺と副社長ともう一人が残る。まずは様子見だ。ショーダウン、とディーラーが言う。

自分の手札二枚、コミュニティカード五枚の組み合わせで、俺は八のワンペア、隣のパイナップル柄のおじさんは三のワンペア、副社長がスペードの札を二枚出して、コミュニティーカードと合わせてフラッシュ。副社長の勝ちだ。

チップが回収されてゆく。

なるほど、こういう感じになるわけだ。

同じサイクルがもう一度始まる。今度は別の人からカードが配られる。コミュニティカード、ホールカード。フォールド。ベット。レイズ。フォールド。ショーダウン。

俺の手はダイヤのツーペアだ。レイズを宣言したから、賭け金は十ドルで、俺と副社長の一対一だったが、俺の勝ちだ。

ばあちゃんの教えてくれた必勝法というのは、シンプルだった。

賭けに負けないことの定義とは『自分が使った以上のお金を取り戻すこと』で、そのためにはどうすればいいのかを、小学生にもわかるように教えてくれたのだ。

倍賭けを続ければいい。

たとえば賭け金が百円のゲームに負けたとしたら、次の賭け金を二百円にすればいい。百円では駄目だ。勝ったとしても、その時の賭け金が戻ってくるだけで、黒字にはならない。賭け金が千円、二千円、三千円の勝負に負けたとしたら、賭け金を一万二千円にすればいい。それで勝てば一万二千円が戻ってくる。逆に言うなら、負けて負けて負け続けても、負けた分の金額を覚えておいて、その分の金額を賭け金に足し続ければ、いつかは勝てるのだ。

何故ならギャンブルとは、統計の世界だから。

確率論の世界であれば、ゲームを続けている限り、いつか一度くらいは勝てるだろう。

それでいいのだ。一度でも勝てればいいのだ。

子ども心になるほどと思い、賭博《とばく》と酒と煙草《たばこ》は推奨できないというひろみの教育方針に背く気はなかったものの、めちゃめちゃかっこよかったので、俺は心の底の大切なところに、必勝法をきちんとしまっておいた。あれから十年以上経ったが、今でも覚えている。

そして今の俺が目指しているのは、一度だけの『必勝』ではない。

持ち金がなくなれば、誰だってテーブルを立つだろう。

どのくらい喰らいつけるかわからないが、チップはまだある。やれるだけやってみよう。

全ては運の問題だ。俺にも、目の前にいる背広の男にも、同じだけ幸運の女神が微笑む可能性があるというのなら――

「フォールド」

あれっ。

三ゲーム目にして、副社長はフォールドという言葉を宣言した。これを言うとゲームに参加しなくて済む言葉だ。なるほど、いい手が揃《そろ》わないから、戦略的に見送るということだ。ばあちゃんはこういう時にはどうしろと言っていたっけ？

あれよあれよというちに、俺のワンペアは負けた。自分の手札が二枚しかなくても、場に五枚もコミュニティカードが出ているので、今のところは何かしら手ができている。でも手ができなかったり、勝てそうにないと思った時には、途中でフォールドと言えばいいのだ。次はそうしよう。うん？

仮に、俺か副社長のどちらかが、ずっとフォールドをし続けた場合、あるいは互い違いにフォールドをするようなことになった場合、『必勝法』はどうなるのだろう？

ゲームをする意味がないのではないだろうか？

そもそもばあちゃんが想定していた『賭け事』というのは、どういう形態のギャンブルだったのだろう。多分、逃げ場がないタイプの賭け事だ。赤か黒か、丁か半かを選ばせるような。

ポーカーってけっこう難しいんだな、と今更ながら俺は思い始めた。宝石箱の内張りのような緑色の台の上には、カラフルなチップが並んでいる。ディーラーの手つきは鮮やかだ。ぼかされてはいるが、これは現金である。お金は大切だ。しかしこのテーブルの上では、風の前のティッシュペーパーより軽く素早くふっとんでゆく。どうしよう。必勝法が使えない場合、俺はただの素人《しろうと》である。副社長はどのくらいポーカーに強いのだろう。そもそもギャンブルに強い、弱いという基準はあるのだろうか？　宝石の硬度のように？

あっちがサファイアなら俺はペリドットあたりだろうか。頭が現実逃避を始める。駄目だ、一文無しになってしまう前にどうにかする方法を考えなければ。ここが火事にでもなれば？　みんな逃げるだろう。一度ここから離脱して、火事だと騒いでみたらどうなる？　でもそれでは、人込みに紛《まぎ》れて逃亡をはかるだろうというヴィンスさんの想定していた副社長のプランを阻《はば》むことにならない。こんなリゾートムードの人々のいる中で、理事のセクハラにまつわる話を聞かせてくださいと言っても望み薄である。下手をすると俺が追い出される。どうにか。この人だけを外に出さなければならない。そして尋問をする。人が動きだすよりも前に。あと何分ある。あと何分。

腕時計を確認する。アナウンスまであと四十五分だ。

「どうなさいますか？」

四ゲーム目。いけない、頭が真っ白で何も見ていなかった。俺の手札とコミュニティカードを確認する。何か手ができるだろうか。できない。フォールドと宣言すると、場に参加費として出されていた二ドル分のチップが回収されてゆく。ああ、ああ。副社長もフォールドなので、これはディーラーの勝ちということになる。これはひょっとしなくても、ディーラーに全額巻き上げられて終わりというコースもありうるのか。

自分自身を、しっかり者だと思ったことはない。生まれてこのかた、粗忽者《そこつもの》とか、うっかり者とか、言っていることがよくわからないとか、そういうふうに言われたことは星の数ほどあると思う。だからそれが正しいのだろうし、俺もある程度は自覚していた。

でもこれは、ちょっと、うっかりどころではなく。

勇《いさ》み足にもほどがあるのではないだろうか。

どうすればいい。

そういえばヴィンスさんは、どこへ行ったのだろう。俺の監視が仕事だと言っていたが、無線でボスに連絡が済んだ頃だろうか。だとしたら警備員パワーで、副社長に職務質問をかけられる可能性もある。再就職のことを考えればそんなことはしたくないと、彼は言っていたから、望み薄かもしれないが。俺の目は彼の姿を探した。いるか。いないか。いた。

ディーラーの背中の向こう側、インテリアのジュークボックスの前に、オリエンタルな魅力の警備員さんが立っていた。しっかり俺を監視している。うっかりの末路を見届けてもらえるとはありがたい。彼の手はもう無線機を握っていない。連絡は終わったらしい。

ほっそりした手が、俺を指さす。

いや、違う。俺の後ろだ。

促されるままに振り向くと。

「お困りですか？」

流麗《りゅうれい》な日本語に、時間が止まったような気がした。

白いワイシャツ、淡いグレーのスーツ。ディープな色合いの家具や壁紙に囲まれた、秋か冬のような空間で、この男の周りだけが春のようだ。霧雨《きりさめ》のようにけぶる金髪と青い瞳が、照度をおさえたランプに照らされて、蜃気楼《しんきろう》のようにゆらめく。俺の隣に座っていたアロハのおじさんが、ワオと小さい声で笑った。俺も同じことを叫びたかった。ただし三十倍くらいの声量で。

リチャード。

「……実はめちゃめちゃ困ってます」

「どこまで愚鈍《ぐどん》に磨きをかけるつもりだ、このうつけ者」

うつけ者。戦国時代の尾張《おわり》の人にしか似合わない言葉と思っていたが、二十一世紀を生きる現代日本人にも、リチャードの感覚ではフィットするらしい。俺の心の遊離すること夢幻のごとくなりである。ディーラーはリチャードにも着席を促したが、リチャードは微笑んでノーと答えた。そこから先の言葉は英語だった。

「私は彼の友人です。彼のチップで賭けを行います。必要であれば参加費は払いますので、二人で一組ということにさせていただけませんか？」

構いませんよと答えるディーラーのお姉さんは、恥ずかしそうに眼を逸《そ》らしながら微笑んだ。ちょうど右耳の隣あたりにリチャードの顔があるが、今こいつがどんな顔をしているのか、この近距離で確かめる勇気はない。テーブルに右手をついて、左手は俺の腰かけたスツールを摑《つか》んでいる。俺は前を向いたまま小声で話しかけた。

「…………あのセクハラ理事は？」

「しばらく黙っていなさい」

「はい」

リチャードは無言で二ゲームをこなした。一度はフォールド、一度はレイズを宣言して、賭け金を吊り上げて。肩慣らしのようだ。それにしても珍しい光景を目《ま》の当たりにしている。ここにあるチップは俺の金なのだが、俺の金をリチャードが湯水のように使っている。何だかちょっと嬉しいが、その倍くらい心配になる。本当に大丈夫なのだろうか。所作がこなれて見えるから、まさかずぶの素人ということはないだろうが、過信は禁物だ。リチャードの実家は破格の大金持ちである。多少のキャッシュロスなど痛くもかゆくもないから、大賭けで大規模な散財を繰り返して副社長をパンクさせるという作戦だった場合、将来的に俺がリチャードに返すことになる金額が、過去の資生堂《しせいどう》パーラーの支払いだけでは済まなくなるだろう。ちなみに銀座でリチャードにおごってもらうことが日常と化してしまったあと、俺は自分が資生堂パーラーのランチメニューやケーキセットの値段を税込みで暗記していることに気づいた。いつ何をおごってもらったのか、帳簿を見れば一目瞭然だ。一ケーキセット、一カレーライス、一イチゴパフェ。パーラーの夕食三回分くらいの金が早々にすっとんでいった。

「ご存知かどうか、ポーカーは『マインドスポーツ』などと呼ばれることもあるカードゲームです」

そして唐突にリチャードは解説を始めた。英語である。聞かせようと思っている相手は俺だけではないということだ。

「スポーツというからにはスコアがあります。鍛え方があります。そして優劣があります。しかし無視できない大きな要素が他にも存在します。私の存じ上げているジュエリー会社の重役の方は、ラスベガスの大会で入賞したことがおありだそうで、私よりお詳しいとは存じますが」

運です、とリチャードは告げた。

「他の全てのスポーツと同様、このゲームもまた、最終的には運命の女神により愛されたほうが勝つのです。レイズ」

リチャードは賭け金を吊り上げる。三人組のうち一人がサレンダーを宣言し、ゲームから降りた。俺の隣のアロハのおじさんも、これまでと会釈し、ディーラーとやりとりをしてから引き上げていった。俺も会釈する。

ショーダウン、という言葉と共に、二枚のカードをオープンする。リチャードの手は、コミュニティカードと合わせてスリーカードか。いや、それとは別にワンペアが成立している。ということは。

「フルハウス。少しは運が向いてきたようです」

囁くような声に、副社長が左の懐をそっと押さえた。

ゲームは続く。あまりにもだんまりなのは気づまりなのでとでもいうように、リチャードは麗《うるわ》しい抑揚をつけて洗練された世間話を語り始めた。歴史ある会社のワンマンなトップと、彼を支える男の物語だ。会社は順風満帆《じゅんぷうまんぱん》の成績を上げるが、トップは男に数々の汚れ仕事を押しつける。モラリティの基準が今とは違った時代とはいえ、許されざるハラスメント、その隠蔽《いんぺい》、そして常習化。また一人サレンダー。汚れ仕事の甲斐《かい》あってか、男はちゃくちゃくと出世の階段を上りつめ、ナンバーツーの座まで手に入れたが、そこまでだった。会社がより大きな企業に身を任せようとする時になって、あっさりと干されてしまったのだ。まるで邪魔なカードを捨てるように。

全てを聞きながら、副社長は顔色も変えなかった。

ツーペア。ワンペア。しばしのフォールド。ポーカーというのは何もしないでいることも多いゲームらしい。かと思ったら何も手ができていないのに、涼しい笑顔でレイズを宣言して、相手のチップを巻き上げたりする。大学の先輩がスリーカードと呼んでいた三枚揃いの手は、スリーオブアカインドと呼ぶようだ。しかし俺がこの知識を今後の人生で使う機会はあるのだろうか。最後の一人がサレンダーした。

残りのプレイヤーは俺と、副社長だけだ。

今度こそと息まいて仕掛けてきた副社長の手は、十のスリーオブアカインドだった。

リチャードは小さくため息をついて、手札をひっくり返す。一枚目はハートの三。この模様はもともと真心や愛の意味ではなく、杯《さかずき》をあらわす意匠だと聞いた。だが今のリチャードに似合うのは、愛や杯ではなく心臓だ。とらえた獲物《えもの》の急所をつかんで止《とど》めをさす。二枚目の手札もハートだった。絵札である。ハートの女王。俺は見るなのタブーをやぶる昔話の登場人物のような気持ちで、すぐ傍にいる男の顔を見た。

無慈悲なハートのフラッシュを突きつける男は、冷淡と呼ぶには麗しすぎる眼差しで、斜め向かいの男をじっと見ていた。

「続けますか?」

怒っている時のリチャードは、瞳の中に炎を宿している。メラニンという色素の関係で、青い瞳に海原の波模様のような濃淡が生まれ、なにか生きた人間が目にしてはいけないものを見てしまったような、背筋の泡立つ感覚に襲われる。この美しい生き物はとても強いのだ。

　形勢逆転、というのは的確な表現ではなかった。

　リチャードの前にはチップが溢《あふ》れている。俺と副社長は同じチップ入れを使っているが、もう彼のほうにはほとんど何も残っていない。空っぽになってしまいそうだ。見かねたディーラーがさっきからちょくちょく、そろそろ頃合いかもしれませんねとでもいうように、彼に世間話を振っているが、ことごとく無視される。アナウンスまであと何分だ。腕時計を見る。あと十五分。人々が動き始めるにはまだ間がある。

　副社長はしばらく、彼にしか見えない何かを凝視するように、テーブルの上のハートの女王を眺め最後にやれやれとため息をつき両手を上げた。降参、というよりも、やーめた、とでも言いたげな、なげやりな仕草だった。そして初めて口を開いた。俺ではなくリチャードに。

「私の名前はマルヌイ・パテールだ。君の名前をうかがっても構わないかな？」

「リチャード・ラナシンハ・ドヴルピアンと申します」

「それは私の知っている君の名前ではないな。クレアモント家の三男坊のような男は、女王陛下のカリナン・ダイヤに匹敵する暴力的な魅力の持ち主で、ため息一つで世界中の馬《ば》鹿《か》どもを操れるというじゃないか。彼を巡ってご婦人同士が殴り合いを始めるから、複数のサロンで出入り禁止を喰らったとも聞く。君は彼の名前を知っているだろう。噂では、彼は自分の美貌にうんざりして、人目につかない場所で宝石を愛《め》でる余生を送っていると聞いていたが、まさかこんなところで拝謁《はいえつ》を賜《たまわ》るとは。おかげで私の上司の愚かさに拍車がかかった」

「ジュエリーのプロフェッショナルのお言葉とも思えません。発露にため息を必要とする程度の美を、もの言わぬまま百万の光を放つダイヤモンドにたとえるとは。また、昔話をご披露いただき恐縮ですが、いささか話題が古いかと。十三年前のパーティで始まった決闘は、殴り合いではなく、ただのシャンパンの飲み比べでした」

つばぜりあいの音が聞こえてきそうな応酬《おうしゅう》だが、既《すで》に勝負はついている。これはもう、遠吠《とおぼ》えのようなものだろう。だがリチャードにはそれを聞いてやる気があるようだ。日本の時代劇が好きなシャウルさんなら『武士の情け』とでも言うだろう。ちなみに俺のスリランカの家の納戸には、『水戸黄門《みとこうもん》』のＤＶＤボックスが詰まっている。あのボックス一つで何回悪代官が成敗されるのだろう。今この瞬間、俺の目の前で負けつつある男のように。

副社長は鈍い笑みを浮かべた。

「どこまで聞かされているのか知らないが、君にとって私は恩人にあたるのではないかな？　私は美しい宝物を手中に収めたいという老いぼれの戯言《たわごと》をはねつけたがゆえに、私は今の地位を失おうとしているというのに」

「仮にあなたの仰《おっしゃ》ることが真実でも、あなたは私の恩人ではなく敵です。あなたは自分の仕える相手に忠実ではあっても、『くだらないことはやめろ』と助言することはなかった」

「愚行《ぐこう》を犯す愚者を止めようとする時には、代わりに愚かしさの刃《やいば》を喉元《のど》に突きつけられる覚悟をしなければならない。この会社の人間なら皆、そのくらい骨身にしみてわかっているはずだ。今となっては聞く耳を持たないだろうが、私はあの男の美意識は心から買っている。時々はめをはずしすぎなければ、とても有能なビジネスマンでもあった。だが今回のM&Aは無残だった。冷静な判断さえ可能なら、私の選択が最良であったと理解できただろうに。私がお膳立てしたことが気に食わないなどというプライドで、何もかも捨てて回れ右してしまった」

実にくだらない、と副社長は吐露していた。ディーラーはさっきからずっと、何も聞こえないふりをしている。

「運命の女神は、やはり君を愛したようだな。私はこうして君に負けた」

「この程度のことを勝利などと言われては困ります。加えて経営方針とモラリティの間には何ら関連性がないかと」

「そんなことを言うのならば、よきビジネスマンの才能と適切なモラリティの間に関連性はない。噂では、君は遊び半分に宝石商をしているそうだが、どうだね？　よき宝石商であることと善良なる人間であることは、いつでも両立可能か？」

「困難ではありますが、常にそうであろうと心がけています。そうでなければ石に顔向けができませんので」

　副社長は小学生の模範解答を聞いたように、低い声で噴き出した。リチャードは涼しい顔をしている。

「美しい人間に相応しい答えだ。ガルガンチュワのジュエリーたちも、君のようなジュエラーにだけ扱われていれば、どれほど幸せだろうな。百年続いたかどうかは疑問だが。物事を長く続けるためには、きれいごとだけではすまない部分もごまんとある」

「聞かなかったことにしましょう。今の言葉は、あなたがた以外の百年続いたメゾンへの侮辱です」

「であれば私に対する侮辱も贖《あがな》われるべきだ！」

　平らだったマグマがいきなり盛り上がるように、副社長は一瞬、感情で煮えたぎった声をあげたが、すぐさまクールダウンし、短く嘆息した。リチャードは表情も変えない。

「ひとつだけ教えていただけますか。他企業から、あなたに再就職の誘いが来ているというお話は」

「あれはフェイクだ。ひとつだけなどと言うからには、もう一つの話は真相を聞いたのか。あの老人は相変わらず美人の前では口が軽くなる。あいつは私を追い出すために、こともあろうにガルガンチュワの美を盗み出そうとしているなどという虚報をニュースリイトにリークした。私がどれほど精魂《せいこん》を込めてこのメゾンを育ててきたと思っているんだ。あのニュースを目にしたとき、完全に愛想が尽きた。物事には限度というものがある。だからこそ」

あの老いぼれにショーを見せてやりたかった、と副社長は言った。

「準備に手間取って、私が顔を出した時には、あの老人は君を追いかけていなくなっていたが、今まで何十年と、我々の会社を見守ってきた人々の前で、アフリカ製のレンダリング機械を振り回してやりたかった。『どうしたんです、ニュースの通り、私はデータを盗もうとしているだけですよ』とね。いい見ものだろう。老いぼれが泡を食って慌てるところが見たかった。難局にぶつかればいつも私に助けを請い、思わしい数字が出ない時には私を罵《ののし》っていたというのに、用済みになれば放り出されるだけだ。こうなればもう私に残された道は一つだ。あの老いぼれが後生大事にしている美とやらのコンセプトを、世にもくだらない方法でこきおろしてやるほかあるまい。何故ならばそれこそが、いつも、いつも、いつも、私の仕事に対して彼が与える、唯一にして無二の報酬だったからだ。私は耐えた。合理的に思考し耐えてきた。だが全てのことにはリミットがある。度を越えた侮辱は、度を越えた侮辱をもって贖われる。私はそれを彼に教えなければならなかった」

「では、今はご満足を？」

「そうだな……まあ、そうだ」

副社長はどこか得意げに微笑んだ。リチャードはそれ以上付き合わないと決めたのだろう。スツールから手を離し、身を翻《ひるがえ》した。

「あなたに会いたがっている人がいるようですよ。あとはごゆっくり」

誰だろうと考える暇はなかった。俺の隣に、きらきら光る影がぬっと割り込んできたからだ。金ラメのスーツ。全体にラメが散っているのではなく、金の筋が白いスーツを幾筋もなだれ落ちるように刺繍《ししゅう》されている上品な品物で、あまり着用者の微笑みに合っていない。

「感謝するよ、リッキー。カードを繰る君の手の美しさにはラファエロの聖母も敵《かな》うまい。その指で私を弄《もてあそ》んでくれたまえ」

「申し訳ございませんが、先ほどから難聴に悩まされております。お言葉が聞きとれませんでした」

世界最高レベルに上品な言いまわしで「知るか」と言ったあと、リチャードは身を引き、二人の男をテーブルに残した。剣呑《けんのん》な雰囲気を察知したディーラーが身を引く前に、金ラメのスーツの男はそっと距離を詰め、ぽんぽんと副社長の背中を叩いた。まるで積年の友人をねぎらうように優しく、微笑を浮かべながら。

「マルヌイ、君にはがっかりだ。ショーを見せたかったというのなら、私への弾劾文《だんがいぶん》を腹に書いて、パレ・ロワイヤルを全裸で駆け回りでもすればよかったものを。きっと物見高い若者たちが録画して、君を動画サイトの人気者にしてくれたことだろう」

「動画サイトで、あなたの半世紀にわたる悪行を訴えろと？　私一人を切り捨ててきれいになれると思ったら大間違いだ。これまでずっと助けてやった恩も忘れて」

「ああ、それこそ君の大いなる間違いだ、マルヌイ。私は君に一度も助けてほしいなどとは言わなかった。君が私を助けていたのは君自身の栄達のためだろう？　君は君のために私を手伝い、私はそれを受け入れた。私が君にそうせよと指示したという覚えも、証拠も、どこにもない。何しろこの業界は、きれいごとでは済まないこともごまんとあるそうだからね」

「……返す返すも、あなたに復讐《ふくしゅう》できなかったことが残念だ」

「それも嘘《うそ》だ、マルヌイ。本当に私に一矢報いたかったというなら、何故こんな朝にショーケースを探るような真似をしたのだね。観客のいないショーなどショーではなかろうに」

胸をつかれたような顔をする副社長に、白髪の男は微笑みかけた。にたりと、皮膚《ひふ》に爪を突き立てるように。

「私にはわかるとも。本当のところ、君は私に一泡吹かせようとしてもできない。これまでチャンスはいくらでもあったのに、そうはしなかったのだから。君は臆病な男だ。何かをしようとしても実行には移せない。だがそのまま去るのではあまりにも悔しい。そうこうしているうちに、君の頭には、本当にジュエリーのデータを盗んでしまおうという卑《いや》しい考えがよぎった。君を引き抜こうとしている企業など存在しないことは知っているが、手土産があれば話は別という部分は真実だ。悲しいことだ。私は美しいものが好きでね。君は実用的な男ではあったが、徹頭徹尾、美しくはなかったな」

副社長の顔は、一瞬、土気色になった。修羅場《しゅらば》になるかもしれないと俺は覚悟したが、彼は動かなかった。

ただ、ぞっとするような笑みを浮かべただけだ。

「……私という薄汚れたフィクサーの後釜《あとがま》に、一体誰が座るのか、知ったことではありませんが、せいぜい年寄りを選ぶことを祈りますよ。未来のあるポジションとも思えない」

「君はいつもオーバーだな。さて、これ以上の立ち話もなんだ。私の忠実な二人の警備員を紹介させてくれたまえ。君の右腕と左腕を、それぞれエスコートしてくれるはずだ」

二人の警備員はどちらもカジノの担当者ではなく、保安室にいたのと同じ制服を着用していた。副社長はショーの主役になったようにお辞儀をすると、懐の品物を警備員に手渡し、俺たちに微笑みかけながら、優雅に歩き去っていった。

こういう人もいるのだなと、俺は別の世界の裂け目を覗き込んでしまったような気分で思った。

何かにものすごく腹を立て、自分が無事に生き延びることよりも、何かを徹底的に侮辱することをとる人が。

捨て身の復讐、という言葉は、彼の顔には似合わない気がする。満足気だからだ。結果がどうなるかなど、彼の望みの前では無関係で、彼はある程度、自分の目的を果たしたように見えた。それがどれほど自分勝手で、意味のないものに見えたとしても。

そういう道もあるのだ。

でもその道は、どういう場所に続いているのだろう。

正義《せいぎ》という声に、俺はふと我に返った。リチャード。麗しい姿は相変わらずだが、表情が少し和《やわ》らいでいる。戦闘モードは終わりということか。そこで俺は思い出した。監視カメラの件はどうしたんだ。

「リチャード、カメラの映像は」

「確認は済みましたよ」

ということは、俺の無実が証明されたということなのか。だって俺は盗んでいないのだから。誰かが俺のポケットにジュエリーを放り込んだ瞬間が撮影されていたことを祈りたい。どうなんだ。どうなっているんだ。と俺は眼差しで迫ったのだが。

「落ち着きなさい。詳細はいずれお話しします」

宝石商の顔はクールだ。喜べばいいのか怒ればいいのかも教えてくれない。いずれではなく、できれば今すぐ説明してほしいのだが、リチャードは意味もなく出し惜しみをする人間ではない。理由があるのなら待とう。いくらでも。副社長に付き添っていったアメン氏は、まだカジノの出入り口から戻ってこない。

これからどうすればと言いかけたところで、俺は背後から猛烈なプッシュを受けた。何だ。ハグだ。パイナップル柄のアロハのおじさんが、俺のことを猛烈に抱擁《ほうよう》している。途中でサレンダーを宣言して離脱していった人も、全然関係ない人までも、タックルするように俺を抱きしめていた。リチャードはいつの間にか消えている。よくやった、よくやったという言葉だけかろうじて聞き取れる。そうか、ポーカーの勝負も終わったのだ。

緑色のテーブルに、ちょっとよくわからない高さのチップが積み上げられている。

そういえばこれは全部換金できるんだっけなと、今にして考える。賭場《とば》にいる相手を立たせるためには、こてんぱんにやっつけてしまえばいいという俺の作戦は、実行者の認識がお粗末すぎたため空中分解の上自爆寸前だったが、想定外の協力者の力で成功してしまったようだ。してしまったようだとしか言えないのは、現実感がないからだ。

ありがとうございますとお辞儀を繰り返し、二ドルのチップを何枚か分けてあげると、おじさんたちは喜んで立ち去っていった。ため息をつく。柱の後ろに隠れていたリチャードが姿を現すと、俺は苦笑いした。

「マインドスポーツって言ってたけど……お前は、空手でいうと七段とか、八段くらいの腕前なのかな」

「さあ。ポーカーは段級位制ではありませんので。ただ、情報管理に問題をきたしている粗忽な喋る財布と一緒に、モナコのカジノで一晩でどれだけ稼げるかという馬鹿げた勝負をしたことがあります。あれが少しは役に立ちました」

程度の差はあれ、ギャンブルには株式投資と通じるところがあるとリチャードは語った。元手に基づいて投資の方針を決め、運用方針を定め、挑むべき時に挑み、無謀な暴利は追わない。何が運命の女神だ。一時の感情に流されがちで、理屈を無視しがちな人間には不向きかもしれませんねという言葉に、俺は平身低頭した。

「仰る通りでございます……」

「わかればよろしい。以後慎《つつし》むように」

「ははあー」

多分、こういうやり取りは、俺を落ち着かせるための手なのだろう。宙ぶらりんの状況に耐えなければならない。半ば以上、真面目に頭を下げながら、俺は情報管理に問題をきたしている粗忽な喋る財布さんのことに思いを馳《は》せた。

最近、ジェフリーさんに関して、わかってきたことがある。

リチャードとジェフリーは、本物の兄弟以上に親しかったのだ。

ジェフリーの実兄、血の繋がったヘンリーさんの人となりは、俺の中では二年前から更新されていない。クレアモント屋敷で握手をして以来、会う機会がなかったからだ。その間、ジェフリーはリチャードとは毒舌漫才のような掛け合いを繰り広げながら、なにくれと俺の世話を焼いてくれた。だが最後にはいつも、リチャードとよそよそしい挨拶をして別れてゆく。

大きな断絶に直面した時、まあなんとかなるさくらいの気持ちで『時が解決してくれるさ』と言うことはある。だが年単位で歳月が経過しても、そう簡単に埋まらない溝もある。

それがどちらかが故意に掘った溝であればなおさら。

いつかそれが埋まる日は来るのだろうか。

俺はその溝を埋めるのを、どうにか手伝えたりしないだろうか。

遠くのことに思いを馳せるうち、視界の端に邪悪なキューピーが戻ってきた。ここからだ。ここからが俺の本番だ。

「やあ、やあ、セイジくんではなく、セイギくん、お待たせしたようだね。君の処遇に関することだが、どうやら結論が出たようだ。リチャード、もう話したのかな」

「まだです。あなたが戻ってきてからのほうがよいかと思いまして」

そうかそうかという弾むような声に、俺の胃はずんと重くなった。保安室は安全なところだとヴィンスさんは言っていた。警備会社の人間が必ずついているからと。しかし本当に、無事だったのか。リチャードの表情はまだ読みきれない。いやに涼しい顔をしている。

「そもそも監視カメラの映像を確認する必要がなかった」

「は？」

「君のポケットに入っていたジュエリーだがね、あれはフェイクだった」

フェイク。近年はニュースでお馴染みの単語だが、それだけぽんと言われてもよくわからない。自分が今どんな表情をしているのかもわからない。アメン氏はにこにこと微笑みながら俺と握手し、何かを握らせた。感触で大体のところはわかる。手の平を開くと、予想通り、そこには華麗《かれい》な指輪の姿があった。世界で一番美しい爆弾。俺の心臓を縮ませるルビーと金の女王。職人が精魂を込めてつくったハイジュエリーのミニチュア、のようなもの。

カジノの薄明かりの下で見ているせいだろうか。ダイヤモンドの輝きが鈍い。七色の光はどこへ行ったのだろう。中央に輝く赤いハート型の石も、天然石にすら見えない。

これは一体。

「わかるかね？　このルビーはガラスで、ダイヤモンドに見えるものはストラスと呼ばれる石だ。わが社ではこういったものを、ジュエリーの模型をつくる時に用いている。本物のジュエリーをつくる前に、予行演習としてつくっておく精巧な細工物だ。そこには本物の宝石をはめこんだりしない。はめこむ予定の宝石と、そっくり同じ大きさの模造石をつくってはめこむのだよ。よく輝くが、ただのガラスだ」

さっきから足元が少し揺れている。これは俺のせいではなく、船の速度が落ちてきたせいだろう。アメン氏は笑顔を崩さず、リチャードはそっぽを向いていた。

「君のポケットにそれを入れた人間だがね、誰だったと思うかね？　なんと酔っぱらった私の叔母だ。昔からいたずら好きで、若い男の子を見ると、ポケットに毛虫やどんぐりを入れたりするのが好きだった」

「はあ」

「いやはや、規則をねじまげてもカメラの内容を確認してよかった。彼女は全く自分の行動を覚えていなかったが、画像からしても品物からしても、間違いなく彼女だろう。何しろこれは私が彼女に特別にプレゼントしたもので、大金を積んでも手に入る類《たぐい》のものではないからね。工房の外へは出せない、門外不出の品物だ」

「でも叔母さんには差し上げたんですね」

「当然だ。私は家族や親戚を深く愛しているからね。とりわけリッキー、君のことは大事に思っている。君の望むものは何でも与えてやりたい。そうそう。紛失したと思われていたミニチュアのハートの女王だが、なんとショーケースの隙間に落ちていたのが発見されたよ！　まあこれも笑い話ということかな」

　それはどうもと言うリチャードの声が、俺の耳を右から左へ抜けてゆく。俺はバイリンガルではなく日本育ちの日本人なので、一日中英語しか喋らないような日が続く今日このごろでも、頭の中で言葉を日本語に翻訳《ほんやく》して解釈していることが多い。リチャードもシャウルさんも、英語で聞く時には英語で考えろというし、ある程度はできるようになってきたと思うが、俺の脳内通訳はいまだ健在だ。そして今の俺の頭の中にいる脳内通訳は、一人ではなく二人だった。アメン氏の英語を日本語に翻訳する通訳と、不可思議な日本語を、俺にも意味の通る言葉に翻訳してくれる通訳が。

昨日のショーで、俺のポケットに混入していたジュエリーは、今ここで提示されているストラスを使った偽物《にせもの》で、下手人は酔った無邪気なおばさんだったという。誰にも何の罪もない不運なアクシデントであったのだと、彼は言いたいわけか。昨夜の俺にもリチャードにも警備セクションのクルーガー氏にも、ダイヤとストラスを見分けるだけの目がなかったと。

誰かに無理やり言うことをきかせるために、卑怯《ひきょう》な作戦を使ったものの、その最中に思わぬ下克上《げこくじょう》があり、どたばたでそれどころではなくなってしまったので、幕引きだけでもきれいに終わらせようと。

緊迫した空気の中、俺たちはきらきら輝くフェイクの指輪を囲んでいた。細工だけは本物と違《たが》わず美しいが、石は全くの別物の模造品を。

これで手打ちにしろということか。

腹の中でマグマが燃える。この人は何重に俺をこけにすれば気がすむのだろう。副社長の顔を思い出す。彼は晴れやかな顔で連行されていった。今ここでこの顎《あご》を全力で殴ったらどうなるだろう。リチャードが費《つい》やしてくれた全ての努力が無駄になり、俺は暴行犯になり、運が悪ければ刑務所に収監されて、運がよくてもリチャードやひろみに多額の保釈金を負担してもらうことになり、当然宝石商見習いの修業は終了し、前科もちなので公務員試験の受験もふいになり、今後の人生の航路に大幅な見直しを迫られることは確実だろう。

知ったことか。

そんなことは知ったことか。

自分をだしに大事な人間を傷つけられて、一方的に踏みつけにされて、それでも俺が礼儀正しく頭を下げるようなおとなしい人間だと思っているのなら、それは大きな間違いだと、この演歌歌手みたいな服ばかり着用する老人にわかってもらいたい。今ここでこいつに目に物見せてやれるのなら他に何もいらないと、俺の脳みそはスパークして訴えていた。やってしまえと。

でもアメン氏の向こうで、リチャードがじっと、俺を見ていた。

表情は硬い。そして今ここで何が起こっても、それを受け入れると静かに伝えてくる、嵐の前の海のような瞳だった。

そしてそのさらに向こうで、ポップスターのようなツーブロックの男が、俺たちのことをじっと見ている。『ふーん』という顔だ。黒い瞳は冷静だ。全ての人間は宝石とは違って生き物であるため、それぞれに感情を秘めていて、時々はその感情に大きく左右された決断をするものだが、そういう事柄も、五メートルか六メートル離れたところから観察すれば、暴れる酔っ払いや、毒づくおじさんのように、ごくごくありふれた風景にすぎないのだと、静かに教える眼差しで。

さっきそこで、警備員にエスコートされる副社長を眺めていた時、俺もあんな目をしていたのだろうか。

俺はレプリカのジュエリーをじっと見つめたあと、顔を上げ、微笑んだ。

「何だ、そうだったんですね。肝《きも》が冷えましたよ」

ははははと俺が笑うと、アメン氏もいっそう深く微笑んで、手を伸ばしてきた。握手だ。初めて会った時にも、わけもわからず彼と握手をしたが、今はあの時よりいくらかましな挨拶ができていると思う。骨ばった冷たい手を柔らかく握ると、彼は俺の肩を叩いた。

「君はまだまだ若い。これも面白い経験だと思って、今後の財産にしてくれたまえ。宝石の勉強をしているというからには、まあ何でも無駄にはなるまいよ。私も若い頃にはたくさん苦労をしたものだ」

「そうします。お体にお気をつけてお過ごしください」

「君もなかなか商人の素養がありそうだ。リッキーが目をつけるだけある」

それにしても本当に来てくれるとは思わなかったと、アメン氏は目玉をぎょろりと回して付け加えた。俺はもう微笑を浮かべる機械になったような気分だ。ラメのスーツの男は、最後にリチャードと一言二言、なにか早口に言い交わし、あまり空気のよくないカジノを出て行った。

姿が見えなくなったあと、俺は静かに息を吸って、吐き、小さく肩をすくめた。いつの間にかカジノの中は静かになっていた。みんな陸に降りるのだろうか。がらんとしている。

俺は両手で顔をほぐしてから、リチャードの顔を見て、控え目な笑顔を作った。

「……船を降りて、観光するか？」

「いえ、ゆっくりしていようかと」

「じゃあ、どこかのレストランで何か食べるのはどうかな。おごるから」

あれで、と俺がチップの山を指さすと、リチャードはややあってから、小さくため息をつき、目じりを下げ、口角をわずかに持ち上げた。蜂蜜《はちみつ》のような微笑みだ。これを勝ち得るためなら、貴婦人だろうが男爵夫人だろうが、シャンパンの飲み比べでも殴り合いでもするだろう。

「無粋なことを申し上げますが、それは私が稼いだものでは？」

「元手は百パーセント俺だったよ」

「確かに」

リチャードは保安室で没収されていた俺のスマホを懐から取り出し、返却すると、では行きましょうかと歩き始めた。革靴が俺の前で一歩、二歩と歩いてゆく。俺は山のようなチップのお盆を抱えてその後ろをついてゆく。不思議だ。さっきは敗北感で満ちていた胸の中が、少しずつ何か、別のもので満たされてゆく。一歩ずつ進むたびに、不思議と満ち足りた気持ちになる。頭の中はまだ混乱しているけれど。

自分が正しいことをしたのかどうかはわからない。相手が間違っていたのは明らかだ。でもどうするのが正しいことなのかわからない。それでも致命的に間違ったことはしなかったなという気持ちが、確かにある。

カジノを出る前に、俺はあたりをぐるりと見回した。

航路から外れかけていた俺という船を、ぐいっと掴んで正しい位置にセットし直してくれた不思議な警備員さんは、もう俺を見張ってはいなかった。

豪華客船の名は伊達《だて》ではない。本当にレストランの食事はゴージャスの一言につきた。しかもここで食べている限り無料である。選んだ店が船内で最大のビュッフェ形式で、大きな吹き抜け天井の開放的なムードだったので、銀座のパーラーのような静けさは望むべくもない。しかし壁も区切りもない広いフードコートのようなスペースかと思いきや、壁際には間仕切りで区切られた半個室のようなスペースもあり、俺たちは運よくそこに陣取ることができた。ホールの音が聞こえてくるので多少賑やかだが、視線はあまり気にならない。自分で料理を取りに行かなくても、オーダーすればフロアスタッフが持ってきてくれる。ありがたい。

おつかれさまでしたの気持ちを込めて、俺はノンアルコール・ビールとフライドチキンをオーダーし、リチャードはクリームタルトとモンブランとチーズケーキとフルーツ・ジュレとアイスクリームソーダ、そしてロイヤルミルクティーをオーダーした。他のお連れの方はいつごろお越しですかという問いかけに、リチャードはにっこり笑って、一人で食べますと答えていた。二人ですらない。わかった。しばらくは個人戦だ。

フライドチキンを貪《むさぼ》り食い、ビュッフェの目玉の蟹《かに》に挑み、お一人さま二杯までサービスですという言葉に感謝しながら、目の前の男が「どうぞ」と言ってくれた分の四杯を平らげた頃、俺は自分が中田正義という人間だったことをようやく思い出した。人間は食事をとる生き物で、ものを食べると味がする。うまい。目の前に世界で一番美しい男が座っていて、今の彼は特に誰かに脅かされているようなこともなく、俺も詐欺《さぎ》か冗談のような盗難事件の容疑者ではなく、悪事を企《たくら》んでいた副社長も捕まった。

　釈然としないものが残っている、どころではないことは百も承知だが。

「うまい。蟹ってうまいんだなあ。この蟹にありがとうって言いたいよ」

「捕食者に感謝されることを、甲殻類《こうかくるい》が喜ぶとは思えませんね。このクリームタルトもなかなかです。銀座を基準に世界の甘味を評することは、エベレストから世界を眺めるに等しい愚行ではありますが、ここもそれなりのパティシエを雇っている」

「おっ、褒め言葉が出たな。じゃあ俺もあとで食べようかな」

「あまり無理をしないように」

「食べすぎってことか？　大丈夫だよ。まだギリギリ二十二歳だぞ」

「部屋に戻りますか。ルームサービスという手もあります」

　ルームサービス。懐かしい言葉だ。それほど長い期間ではなかったが、ホテル暮らしをしていた頃に、ジェフリーとリチャードと、とっかえひっかえ英語ディナーをしたことがあった。食事中は完全に英語縛りのホテル飯である。あの時には辟易《へきえき》しながら英単語を並べてしのいでいた気がするが、思えばあれも今の俺を随分助けてくれている。

　あの時に俺は腹をくくって決めたはずだったのに。

「……俺、そんなに変な顔してるかな」

「まだ目が、いくらか、元に戻っていません」

言葉の意味を尋ねる必要はなかった。この男の前では隠し事をするだけ無駄らしい。俺はバラバラ殺人事件の現場のような有様になった蟹の殻を片づけて、フィンガーボウルで指を洗ったあと、少しだけ身を乗り出し、声を潜《ひそ》めた。

「…………………一つだけ、すごく聞きにくいことを聞いてもいいか」

「何なりと」

頼むから嘘《うそ》をつかないでほしい、という前置きはしなかった。以前こいつは、俺には嘘をつかないと言ってくれた。それを駄目押しするようなことはしたくない。

「……俺は………特に自分を粗末に扱ってる気はしないんだけどさ……今この船に、俺基準で考えると、カーネル・サンダース人形のかわりに道頓堀《どうとんぼり》に放り込まれたほうがいいようなじいさんはいるのかなって……」

「まわりくどい。質問の意図が不明瞭です」

「わかるだろ……！」

「質問の内容は理解できました。私が尋ねているのはあなたがそれを尋ねる理由です」

言うまでもないだろう。と思ったが、俺自身冷静に考えてみると、何故こんなことを尋ねたのかわからない。そしてよくよく考えるまでもなく、俺が今リチャードにしていることもまた、間違いなくハラスメントであることに気づいてぞっとした。席を立とうとすると声がかかる。

「五杯目の蟹ですか。有料になりますよ」

「……ごめん。落ち着いた頃、まとめて謝る。今はちょっと一人で、頭を冷やしてくる」

「そうですね、あなたの基準で考えると、なかなか難しいものがあります」

不意打ちの回答だった。立ち上がりかけていた俺が、無言でテーブルに突っ伏すと、リチャードは含み笑いした。それで大体答えがわかったので、俺はもう一段階、深いため息をつく派目になった。ほっとした、などと言いたくない。この船で起こったことは一生忘れないだろう。忘れたくもないし、忘れられるとも思えない。

それでも俺が想定していた最悪の中でも、最も受け止めがたい事態は免《まぬが》れたらしい。

「嘆かわしい。あなたのためならば私が何もかも差し出して彼の足元にすがるとでも思いましたか。でしたら、それは思い上がりなどではなく、重篤《じゅうとく》な認知機能の障害を疑うべき想定です。そのような行為に及んだところで、常習的にセクハラを繰り返す老人を増長させるだけで、公共の福祉のためになりません。加えて、確実性のない空手形を信じるリスキーな取り引きになります。重視すべきは確実性です。宝石の取り引きであっても、他の何かであっても」

一語一語が胸に突き刺さる。だが言われているのは当たり前のことばかりだ。自分の想像がいかにお粗末だったかを思い知らされる。リチャードは意味のないことをするような男だろうか。ノーだ。断じてノーである。この男の美貌は圧倒的だが、より俺を圧倒するのは、どんな状況にもひるまず挑み、潮目を変えてしまう実行力だ。

思っていたよりおいしいというタルトを、銀色のフォークで一口食べたあと、口元をぬぐい、リチャードは澄ました顔で俺を見た。

「私をあまり見くびらないように。あなたが思っている以上に、私は自分を大切にする方法をよく知っています」

「……ありがとう」

どういたしましてとリチャードは頷く。本当に懐かしい。今この空間だけ日本の銀座になっているような気がする。感謝と謝罪がないまぜになったこの気持ちをどう伝えたものかと考えているうち、リチャードは言葉を継いだ。

「それに、そんなことをしたらあなたは私を一生許さないでしょう」

何でもないことを告げるような、軽い語調だった。

蟹を四杯、食べ終わっていてよかったなと、俺は心から思った。胸がいっぱいになる。

客船が陸につくと、たくさんの人々が楽しそうに観光に繰り出していったので、きっといつもよりレストランも静かなのだろう。それにしても喧騒《けんそう》が遠く聞こえる。まだうまく自分をコントロールできない。

俺がどんなふうに悩んでいたのか、俺よりよくわかっていてくれる相手がいる。こんな贅沢《ぜいたく》を味わえる人間が、俺の他に何人いるのだろうと、本気で思う。あまりにも眺め続けてしまったようで、リチャードが咳払いをした。いかに慣れてくれたとはいえ、失礼なことは失礼だ。慌てて目を逸らす。でもまだ言葉が見つからない。

「……今、実は、いろいろ言いたいことがあるんだけどさ」

「ええ」

「日本語で言っても英語で言っても、誤解させそうな気がするから、耐えるよ」

「素晴らしい。あなたもついに『口を慎む』という高等技能を習得しましたね」

「おかげさまでな！」

「惜しむらくは『耐える』と口にしたことです。それさえ言わなければ、より完璧に仕上がったかと」

「あっ……」

そこは今後の課題ということにさせていただきたいのですがと、俺が頼み込む前に、リチャードはにこりと微笑んだ。

「どういたしまして。私もあなたをとても尊く、得がたく思っていますよ」

「……伝わってる！」

「おかげさまで。しかしその、どうしようもなく粗忽で思いきりがよすぎる性格だけは、可能な限り早期に改善すべきです。あなたにはポーカーの経験があったのですか？」

「学校で少しだけ……思えばヴィンスさんに感謝だな。クルーズが終わる前に改めてお礼を言わなくちゃ」

　俺がそう言った時、ふと、リチャードの表情が陰った。何だろう。もう少し話しても怒られないだろうか。

「そうだリチャード、昔ばあちゃんが『賭博の必勝法』を教えてくれたことがあったんだけどさ、本当に」

　と、リチャードは左手をすいと上げた。フロアスタッフを呼んでいるふうではない。俺の背後にいる人間に、ここですと合図をするような顔だ。

　背もたれに腕を伸ばして振り向くと、『ふーん』の顔をした東洋系の人が、ずたすたと大股に歩いてくるところだった。噂をすれば何とやらだ。

　挨拶しようとする俺を完全に無視して、彼はリチャードのことだけを見ていた。

「よくここがわかりましたね。来るとは思っていませんでした」

「冷たいな。それにしてもよくこんな人の多い場所で食事をしようと思ったな。そこの壁から顔を出してみろ。このフロアにいる人間の半分がフードポルノのふりをしてお前の顔を隠し撮りするぞ」

「短時間の滞在ですので、それほどひどくはないでしょう。今は休憩時間ですか？」

「あと二時間はゆっくりできる。何だ、フロリダまで来て蟹なんか食べるのか。スリランカでも食べられるだろうに」

「スリランカの蟹はこれほど大型ではないかと。あちらは淡水に生息するタイプで」

「ああそうだな。そうだったな。相変わらずの博識だ」

　ヴィンスさんは耳に優しく、なめらかな英語を話した。俺が黙り込んでいるうちに、空いているテーブルから椅子を一脚引きずってきて、リチャードと俺の間にでんと置き、腰かけた。どちらかというと俺に近い位置に。リチャードは俺とヴィンスさんを見比べて、微かに笑みを浮かべた。表情は硬い。

「混乱していると思いますので、改めて紹介を。正義、こちらヴィンセント梁《ライ》。香港《ホンコン》のラナシンハ・ジュエリーで、私のアシスタントをつとめてくれた人材です」

　香港の？　この人が？　ええ？　困惑する俺をよそに、リチャードはすっと俺のほうに手を伸べた。視線はヴィンスさんを見ている。

「ヴィンス、こちら」

「中田正義さんね。知ってますよ、どうも。いや知らないこともあるか。歳《とし》は？」

「もうすぐ二十三だそうです」

ヴィンスさん――いや、梁さんと呼ぶべきなのか、ともかくリチャードの元アシスタントの彼は、やれやれと顔を覆った。

「今は二十二か。日本でいうところの新卒だな。なんてこった……」

「正義、黙っていたことを謝ります。彼がこの船に乗り込んでいたのは偶然で、乗船手続き時に顔を合わせていました。予想外にあなたが船に乗り込んできたため、万が一の事態に備えて、何かあったら力を貸してほしいと頼んではいましたが……このような事態は想定外でした」

「成りゆきだ、成りゆき。感謝なんかされても困る。まあ呼ばれなくても鼻はつっこんだと思うけどな。それより中田さんが驚いてるぞ。そもそも香港の頃のことを、この人はどのくらい知っているんだ」

「……ほとんど何も」

「無責任なやつだな」

ヴィンスさんは咎《とが》めるような目でリチャードを見る。リチャードは特に言い繕おうとはしなかった。割り込むのは少し気が引けたが、俺はおずおずと右手を挙げた。ヴィンスさんが眉を上げる。

「あの、ご心配をいただいて恐縮なんですが、大丈夫です。二人が顔見知りなのはわかってました」

リチャードが目を見開く。ヴィンスさんもいよいよ訝《いぶか》し気な顔だ。言いにくいんですがと前置きをして、俺は初日に二人がパブで話しているのを目撃したことを告げた。ヴィンスさんの姿は見えなかったが、声はしっかり聞こえたことも。

「何とまあ、役者だな。それだけでわかったんですか？　声の絶対音感とか？」

「いえ、一度英語で喋ってくださった時に、あの……ものすごく下手だったので」

仮にも英語圏で仕事をしていて、日本語にも習熟している人が、俺よりひどい発音の英語を話すだろうか。考えにくい。わざと下手に喋るからには理由があるはずだ。そして彼の声の高さは、パブでリチャードと話していた相手とよく似ていた。ついでに。

「香港の人って話にも、あんまり驚きはないです。ヴィンスさん、一度俺に『メシア？』って言いましたよね。俺は中国語は全然ですけど、銀座の宝石店でアルバイトしていた間に聞いた限りだと、あの言葉を使うのは香港からのお客さまで、北京《ペキン》や上海《シャンハイ》あたりのお客さまは『ゼンマラ？』って言うような……」

それは怎么了《ゼマラ》です、という訂正がすかさず入る。さすがの語学大好きリチャード氏だ。俺の耳も時にはいい仕事をする。そういうわけで、リチャードの知り合いの香港の人かなとは思っていた。とはいえ。

「以前のお店からの知り合いだとは思わなくて……いやあ驚きました」

リチャードとヴィンスさんは顔を見合わせた。ヴィンスさんは笑い、リチャードは目を伏せる。この二人の温度差が俺にはどうにも気になる。

「本当に、中田さんは面白い人だな。改めて紹介したほうがよさそうですね。ヴィンセント梁、二十六歳。実家が宝石店だった関係で、翡翠《ひすい》と珊瑚《さんご》の目利きくらいはできますが、それだけです」

俺が何も言えずにいると、ヴィンスさんはさらに話し続けてくれた。

「リチャードと出会ったのは五年前でした。実家の宝石店の在地に再開発が入るとかで、地上げに遭《あ》っていましてね。香港の地価は東京の不動産よりも凄まじいんですよ。その時に助けになってくれたのが」

香港進出を試みていた、シャウルさんとリチャードだったという。

リチャードがスリランカにいた時代の話は少し聞いたことがある。シャウルさんと出会い、彼の宝石店の海外進出をサポートするかわりに、実家からの逃亡を手助けしてもらったという。シャウルさんの営むラナシンハ・ジュエリーの店舗は三か所あり、最初がスリランカ、二番目が香港、そして香港時代に知り合った銀座の地主さんのツテでテナントを借りた銀座が三番目になるという。

俺が知っているのは、主に銀座の宝石商のリチャードで、スリランカと銀座の間の頃のことは、ほとんど何も、というかほぼ全く知らない。聞かせてもらうような機会もなかったからだ。もちろん、どんな国のどんな店舗でも、お客さまとの間に良好な関係を築いていたことには確信があったのだが。

昔の相棒との関係は、そうでもなかったのだろうか。

ヴィンスさんはリチャードを見ないが、俺にはにこやかに応対してくれる。二人で行動していた時よりも、よほどフレンドリーだ。

とはいえそれより確認したいこともある。

「あの、ヴィンスさんも本業は宝石商なんですか？　それがどうして警備員を……？」

「偶然です。って言っても信じてもらえない気がしますから説明すると、この仕事は友達の友達の友達の友達くらいから紹介されたもので、個人的にはガルガンチュワにも警備会社にも何の縁もなかったんですが、給料がよかったので引き受けました。宝石商から警備員に転職したってわけじゃなくて、必要に応じて必要な仕事をしているだけです。どっちにしろ、日本の感覚だと……そうですね、アルバイトみたいなものですよ」

「今は宝石にかかわるお仕事はしていらっしゃらないんですか」

ヴィンスさんは明るく微笑んでくれたが、それ以上何も言わなかった。あまり深くは立ち入らせない。どっちにしろアルバイト。ならば香港でのこの人の立ち位置は、日本での俺とかなり重なる。家が宝石店で、翡翠と珊瑚の目利きは得意というからには、もちろん俺とは初期スペックが全然違うだろうが、それでも。

「……」

どうして宝石にかかわる仕事を辞めてしまったのだろう。そもそもフロリダ沖に出港する船の警備員なんか引き受けるからには、今の彼の所在地は香港ではないのかもしれない。アメリカ在住ということだろうか？　何故？

質問が渦を巻き、口から溢れる前に、ヴィンスさんはまたシャープに笑った。黙って聞けというような雰囲気が、ないでもない。

「それにしても、いきなりギャンブルに挑むとは思いませんでしたよ」

「……カジノで、リチャードを呼んでくださって、ありがとうございました」

「実は天才ポーカープレイヤーって展開かな？　ってちょっと期待していたんですが、まあ終わりよければ全てよしってことですかね。今は、スリランカで宝石商の見習いをしているんですって？　どうですか、調子は」

「はあ。駆け出しもいいとこですけど、なんとかやってます」

「そうですか。シャウル老師はお元気かな、あの人も食えない男でしょう」

「ヴィンス」

リチャードの声が割って入った。矢継ぎ早な言葉にどう応対したらよいものか、俺があわあわしていたのを見かねてくれたのだろう。

ヴィンスさんはその瞬間、にっこりと笑った。

悪魔を目の前にしたように、冷たく、距離を置いた微笑みを。

「彼と話す前には、お前の検閲《けんえつ》が必要なのか？」

「……そういうことではありませんが」

リチャードの声がけばだっている。お茶とケーキがあるのにこんな声を出すのは珍しい。

ヴィンスさんは肩をすくめ、席を立った。引き留めようとするリチャードを目で制して、俺の肩に手を置いた。

「ちょっと」

「え？　俺ですか」

「あっちで話せますか」

ヴィンスさんは俺の肩を摑んでいた。拒否権はなさそうである。リチャードの表情を確認したかったが、美貌の男は目を伏せてお茶を飲んでいた。おいしいと思っているのかどうかもわからない。見逃されている感じがする。俺は何も言わずに席を立ち、促されるままレストランの奥、海を眺めながら食事ができるデッキフロアに向かった。港に停泊中とはいえ内部のテーブル席より人が多く、子どもが駆け回っている。

ヴィンスさんはレストランと通常のデッキの境目まで歩いてゆき、海を見下ろす手すりに両腕をもたせかけた。太陽に後頭部を焼かれているような気がする日差しだ。隣に俺がやってくると、きらきら輝く茶色い髪の持ち主は、すぐに口を開いた。

「単刀直入に言いますね。宝石商の見習い、やめたほうがいいです」

「は？」

あなたのためにならない、という声には、厳しさはなかった。ヴィンスさんは真摯《しんし》な瞳で俺を見ていた。どこかリチャードに似ていると思ってしまうくらい。

「あなたのことはリチャードから少し聞いています。日本では役人を目指して勉強していたんですよね。今からでも間に合うなら、戻って勉強すべきです。私ならそうします」

正直なところ、あまり驚きのない提言ではあった。大学を卒業する前に、卒業後どうするのかという話を、谷本《たにもと》さん以外にもごく少数の友達には打ち明けたが、八割くらいの相手には「やめなよ」「騙《だま》されてるよ」「あやしいよ」と言われた。責められていたのではなく、純粋に心配されていたのだろう。アルバイト先のことを詳細に説明するのは手間がかかったので、もう付き合いの長い、信用の置ける相手から誘われているので、そんなに不安に思うような状況ってわけでもないんだ、とだけ説明したが、そうすると彼らはまた別の不安を、質問としてぶつけてきた。

宝石商って、それで食っていけるの？　と。

それは、衰えつつあるとはいえ、ＧＤＰが未《いま》だ世界トップレベルの国の公務員の給料や待遇や安定性と天秤にかけられるほどの仕事なの、私立とはいえ多少はブランド力のある東京の大学の新卒切符を投げうってまでトライする価値のあるものなの、という言外の意味がわからなかったわけではない。俺も実際そう思う。自分が別の誰かに同じことを言われても、全く同じ心配をするだろう。でもそういう時には、俺はこう答えていた。

「ありがたい心配ですけど、俺も何も考えてないわけじゃないんです。ただ、日本で大学生をやっていた頃にはわからなかったことがたくさんあって、そういうものを広く学ぶ機会がもらえるなら、やってみようと思ったんです。宝石の勉強ってほとんど化学だし、英語ももっと勉強しなきゃならないし、大変ですけど、これが将来的に無駄にならないっていう確信もあります」

「じゃあ、本気で宝石商を目指しているわけじゃなくて、海外での生活の学びっていうのが、中田さんの本題なわけですね」

「そこまでは言いませんけど……うん、どっちつかずのスタンスかなとは、自分でも思いますね。公務員の夢も捨ててないんで。スリランカで憲法とか数学の勉強をしてると、すごくシュールな気分になりますよ」

「中田さんは、頭がいいんですねえ」

「は、はあ、どうですかね」

頭がいいなんて褒め言葉には慣れていないので、照れて頭をかくと、ヴィンスさんはどこか、冷めた目で俺を見ていた。

「謙遜《けんそん》しなくていいですよ。あなたがエリートなのは見ていればわかります」

「いやあ、エリートなんて、俺はそういうのとは違う気がしますけど」

「あ、言葉を間違えました。すみません。『エリート』ではなく『お人よし』と言いたかった。だからなおさら、言っておかなければならないことが、あなたにはあります」

ヴィンスさんは間を置いた。レストランの喧騒に混じって、微かに潮騒《しおさい》の音が聞こえる。

どうぞ、いつでも、と俺が瞳を見返すと、彼はそっと目を背けた。

「あなたはリチャードを嫌いになったほうがいいです」

「……は？」

「あの人間を嫌いになるのって、ものすごく難しいと思いますが、そのほうが将来的にはあなたのためになります。好きになるよりは、嫌ったほうが安全な人間です」

はあ。好きになるより、嫌ったほうが『安全』。

ちょっと仰《おっしゃ》っていることの意味がわかりません、と俺は静かにお返事した。ヴィンスさんは軽く頷き、きらきら輝く海を眺めながら言葉を紡《つむ》いだ。

「誰が最初に、あなたに海外での修業の話を持ってきたのはわかりませんし、多分リチャードだったのだろうと思いますが、発案者は間違いなくシャウル老師です。彼はリチャードのことをとても大切な金づるだと思っていて、手放す気はさらさらない。リチャードがどんな人間なのか、年単位で付き合っているならわかるでしょう。何ができないのかわからないくらいのスーパーヒューマンで、優しくて、人脈も金脈も無尽蔵です。あんなやつが隣にいたら頭がおかしくなる」

「料理は全然できないみたいですけどね」

「うなるような富豪が、自分で料理をする必要がありますか？　ああ、あいつの実家は」

「イギリスの大金持ちですよね、知ってます」

そういえば香港は外食文化の国で、屋台のごはんがおいしいと、旅の好きな先輩が言っていたっけなと、俺はどこか遠いところで思い出していた。香港は遠い。今この場所からの距離は日本と同じくらい遠いだろう。でもそれ以上にヴィンスさんの言葉を、俺は遠くに感じる。この人はずっと、憐《あわ》れむべきものを見るような眼差しで俺を見ている。

「中田さんも、ある程度はわかっていると思いますが、あいつの『宝石商』は趣味です。やらなくてもいいことだ。そういう人間が一生懸命仕事に打ち込むのは、金の鉱脈を持っている伯爵が、趣味で粥《かゆ》屋の屋台を経営するようなものです。嫌になったらいつ辞めてもいい。後腐れも何もない」

「はあ」

「でもそうされると困るのはシャウル老師です。以前のラナシンハ・ジュエリーはそれほど大きな会社ではありませんでしたし、店舗販売がなくなっても、他の業者への卸《おろし》売り業で経営が成り立ったでしょうが、リチャードが入ってきてからは事情が変わった。海外の顧客とのコネクションが一気に増えて、日本の銀座まで足がかけられたくらいです。スリランカ、香港はシャウル老師のお手柄でしょうが、銀座はリチャードあってこその店ですよ。私が彼らのキャラバンに加わった時にはもう、シャウル老師はほとんどリチャードに店の経営を任せて、裏方仕事に徹して、卸屋としての商売に専念していた」

　ついさっき、ヴィンスさんは二十六歳だといった。五年前は二十一歳だったはずだ。今の俺より年下である。初めてリチャードと出会った時、この人はどんな人だったのだろう。その時から『ふーん』という顔が得意なクールなポップスターみたいな人だったのだろうか。彼は目の前の美しい海など、全く目に入っていないような声と顔で、淡々と喋る。

「だからシャウル老師が一番恐れているのは、リチャードが『飽きたから辞めます』と職を辞することでしょう。大打撃だ。あなたがリチャードの実家のごたごたを解決してしまったという話もうかがっています。今までは帰るに帰れなかった家でも、もう今はそうじゃない。だからシャウル老師は考えた。犬を繋いでおくには、犬の大好きな首輪を準備すればいい。壊してしまうのがもったいなくて、ひきちぎれないくらい好きな首輪を」

「……たとえば、手のかかる見習い宝石商とか？」

「やっぱり頭のいい人だ」

褒められている気はしないが、どうもと俺が頭を下げると、ヴィンスさんも少しおどけてお辞儀を返してくれた。

「シャウル老師は、あなたが宝石商として大成するか否《いな》かなんて気にしていない。考えてもいないかもしれませんよ。ただ彼が望むのは、これからも今までのようにリチャードが自分の店のために尽力してくれることです。そのだしにされていることくらいは、自覚しておくべきでしょう。あなたは若くて、頭がよくて、人がいい。しかし今回のことでもわかったでしょう。世の中はあなたのような善人ばかりじゃない」

だからやめたほうがいいと。

ヴィンスさんは最後まで、丁寧《ていねい》な言葉で説明してくれた。ありがたい。とてもわかりやすかった。彼が言わんとしていることは理解できたと思う。だが一番肝心な部分がわからない。

「説明してくださって、ありがとうございました。でも、それがどうして『リチャードを好きにならないほうが安全』になるんですか」

「……今のあなたに何を言っても無駄だとは、わかっていますけれどね」

ヴィンスさんは再び、憐れみの視線を向けたあと、笑顔とも呼べないような笑顔を俺に向けた。

「あの言葉は別に、リチャードの人格をどうこう言う言葉じゃありませんよ。ただあなたの健全な人格の形成に関係した助言です」

「すごい単語ですね、健全な人格の形成って、心理学用語とかですか」

「かたくるしく聞こえたならすみません。今の私は経営学の勉強中なんですが、心理学も一緒に少しだけ勉強しています。経済学部を卒業したっていうあなたが羨《うらや》ましい」

経営学？　何故？　俺が目を向けると、ヴィンスさんは肩をすくめた。

「私がリチャードの傍にいたのは大学生の頃でしてね。まだ若いというより幼かった。今にして思えば胸をかきむしりたくなるような話ですが、リチャードを見ていると『いつかは私もああなれる』と愚かにも信じたくなった。理知的で、頭脳明晰《めいせき》で、多言語に精通し、気位は高いがフランクで、胸の奥には汲《く》めども尽きぬ優しさの井戸を持っている」

だが、とヴィンスさんは言葉を打ち切った。声色《こわいろ》は厳しい。ヴィンスさんは海を見ながら喋っている。海が憎いのか、美しい海に誰かを重ねているのか、彼の目を見ていればどちらなのかわかる。

「でもそうはならない。何故ならあいつは天才で、世界中の大半の人間は天才ではないから。私はそれなりに語学には自信がありました。石の目利きも幼い頃から仕込まれていましたから、それなりの腕だと自負していました。人格に自信があるなどと言うと、日本人にはうぬぼれていると思われそうですが、それでも自分が悪人ではないこともわかっていた。ですが」

ヴィンスさんは大きく口を開けて笑い、また壊れたおもちゃのように唐突に笑い終えた。かもめが海を渡ってゆく。南の海はきれいだ。白い波がダイヤモンドのように輝いて、海原には果てがない。

「あいつは、全く、私を必要としない男だった。それに気づいたのは二年目です。銀座に店を構えるという話が現実味をおびてきた頃だった。香港の店が軌道に乗り始めていて、新しいアシスタントもうまく育っている。私たちはいずれも日本語が堪能《たんのう》でしたから、香港の感覚で問題なく運営できるだろうという目論見もありました。だが私の家族が病に倒れて、しばらく店に顔を出せなくなった期間がありましてね。毎日店のことが心配で心配でたまらなかった。三週間無沙汰をしたあとに、また容体が急変して店を休んで、気づいた時には二カ月近く不在にしてしまった。どうやって今までのことを埋め合わせようかとそればかり考えていた。しかし」

何も変わらなかったと、ヴィンスさんは呟いた。

彼抜きでも、銀座の店の計画はちゃくちゃくと進んでいるし、お客さまも彼の不在でこれといって不利益を被ったようには見えず、それどころかリチャードと密な時間を過ごせることを喜んでいる始末だったと。ヴィンスさんは宇宙に放り出されたような気分を味わったという。

「私は別にここにいる必要がないのだと、あれほど強く思い知ったのは初めてでした。これは個人的な体験に基づく助言ですが、自分自身の中で巨大な存在感を主張している誰かに対して、自分がほとんど何の益にもなっていないと気づく瞬間ほど、心がいたむことはありませんよ。あなたはもう少し、あの人間の形をした宝石みたいな男と距離を置くべきです。そのほうが後々の苦しみが少なくて済む」

ヴィンスさんが言葉を打ち切ってから、俺たちの間にはしばらく沈黙が流れた。レストランは相変わらず盛況で、遠くで子どもが走るごとに、床がごとごと揺れる。俺はヴィンスさんの顔をじっと見ていた。彼は『ふーん』の顔はしていない。何も言わずに黙り込んでいるだけだ。こういう表情の男と、何年か前に銀座で食事をした記憶がある。

「今、俺に話してくださったことを、ヴィンスさんはリチャードに伝えましたか」

「言ってどうなります。あなたにはプライドがないんですか？」

「プライドって日本語で言う『自尊心』でしょう。友達に対して一方的に鬱憤《うつぷん》を募らせるのと、自分を大切に思う心って、全然関係ない気がしますし、あいつとそんなふうに縁を切るのは、すごくもったいないと思いますけど」

「……私はあいつの友達じゃない。私とあいつの関係はあなたとあいつの関係以上にビジネスライクだった。そしてあいつは私が小さい頃から大事にしていた王冠の宝石を、知らないうちに全部くず石に変えてしまった。そんな相手を友達とは呼びたくない」

ヴィンスさんは海に背を向け、手すりを背もたれにして伸びをした。空に向かってため息をつく。日差しがまぶしいからだろう、彼は目を開けない。

「あれ以上傍にいたら、私はリチャードの劣化コピーのような人間になるしかなかったでしょう。自分のことをそんなふうにしか思えなくなるのは願い下げです。だから何も言わずに距離を置いた。香港店からリチャードが離れるのと同時に、私もラナシンハ・ジュエリーを離れて、前から考えていたアメリカへの留学を実行に移したというわけです。いつかは自分の店を持つのが、小さい頃からの夢だったのですが、そのためには地歩を固めなければ」

「……ヴィンスさんは頭のいい人なんですね」

「嫌味ですか」

「本気で思ってます。俺、最初に、宝石商のインターンって言われた時、真っ先に思い浮かんだのが、宝石学の資格のことだったんです。アメリカやイギリスの宝石学の学会や協会が認定しているアレです。宝石のことが勉強できて、修了するとそういう資格がもらえるでしょう。宝石商、なるほど、資格だな！　って」

「まあ……間違ってはいない考えだと思いますよ」

「ありがとうございます。でも俺、知らなかったんです。どっちも百万円以上かかるって」

資格にまつわるページには、取得に必要な金額のことは、それほど大きく書かれてはいない。しかし細かく調べてゆくと費用がわかって、気が遠くなった。アメリカとイギリスの機関の資格、どちらも国際資格で、両方難関で、目利きと暗記が肝心で、お金と時間がとことんかかる。俺はしり込みした。アメリカの学会にはもう少し初心者向けの資格もあるから、そっちの取得を目指すのはどうかなとも考えたが、いずれにせよ公務員試験の勉強と並行進行するのは難しそうだった。ちなみにこのことをシャウルさんに話したら大笑いされて、あなたは肩書きが欲しいのですか？　それとも石を見る目が欲しいのですか？　と問われて今に至る。そして何より。

「俺は……そこまで宝石のことが好きなのかどうか、人生を賭けられるのかどうか、全然確信がないんです」

「わかっていますよ。あなたはリチャードに憧れてここに来たんでしょう」

「半分はそうです。でももう半分は、もうちょっと身勝手な理由です」

「身勝手？」

「はい」

俺は笑って頷いた。

ヴィンスさんが老師と呼ぶシャウルさんが、俺のことをどう思っているのか、実際のところはわからない。しかし仮にヴィンスさんの指摘したことが何割か真実であったとしても、これはいわゆる『魚心あれば水心』だ。

俺が海外での宝石商武者修行を受け入れた最大の理由は、しばらく日本を離れることができるためだったのだから。

　大学三年、就活が本格化する頃に遭遇した粘着質なストーカー事件――と呼ぶしかないと思う――で、自分自身の存在証明を疑いたくなるような変化に直面した俺は、かなり不安定な状態になった。引っ越しをし、ホテル・ソムリエになれるのではないかというくらい頻繁《ひんぱん》に都内のホテルに宿泊するようになっても、根本的な解決にはならない。どこかで誰かが見ているかもしれないという気分が抜けないからだ。そのあたりの道を歩いているだけで、派手に泳いだ直後のように息苦しくなったり、不特定多数の集まる駅のような場所が気づまりになったり、そういう変化を受け入れざるを得ない自分の弱さに嫌気が差したりと、悪影響はそこそこあとを引いた。一番ひどかった頃のことはあまり覚えていないのだが、俺は本当に東京で就職したいのかなと、夜になるたび考えるようになり、英会話教室とかこつけて、よく悩みを聞いてくれるアルバイト先の上司にも、そんな話をしたように思う。

　一次試験に合格したとわかった時には嬉しかった。二次試験で落とされた時には悲しかったが、それ以上にほっとしている自分に気づいて愕然《がくぜん》とした。俺は東京の仕事場に通いたくないという、そんなつまらない理由で、高校以来の将来の展望を捨てたがるようなやつなのかと。

スリランカ行きの話をもらった時、偶然だとは思わなかった。そして中田さんやひろみが後押しをしてくれた一番の理由も、きっとそこにあるのだと思う。モラトリアム続行というか、転地療法というか、そんな感じである。どれほど気合の入ったストーカーであっても、あれが金欠に悩まされていることはわかっているので、まさかインド洋まではるばると押しかけてくるようなことがあるとは考えにくい。もちろん大都会である東京で顔を合わせる可能性だってそれほど高くはないと思うのだが、一度奇妙な体験をすると、頭が『二度あることは三度ある』という嫌な格言を出力して、もしものケースを無限回数シミュレーションしてくるので厄介だ。

でもこれが、いつまでも続くとも思わない。今の自分の状況が、前よりずっと安定していると、自分でわかっているからだ。

ただ、気持ちの問題だという自覚があるだけ、余計に『だったら気合で何とかしろ』と思ってしまい、なおさら自分が嫌になるという悪循環に陥《おちい》ることだけは避けたかった。効率的に回復したい。そういう考え方は好きじゃないですねーとからかい半分に言うジェフリーの声と、俺の額をつんつん突く、彼の人差し指の感触も、よく覚えているけれど。

結局のところ、俺は公務員になることを諦めていないのだ。

「うまく説明できないくらい勝手なんですけど、俺は自分が利用されているとは思ってないです。俺なりのうまみがあって、スリランカに滞在しています。本当に後悔しないかどうかは、その時になってみないとわかりませんけど」

首をかしげる俺に、ヴィンスさんが渋い顔をするので、俺は慌てて手を振った。

「でも、今のところの俺の短期目標は、石を見る目を磨いてラナシンハ・ジュエリーの仕事を手伝えるようになることで、長期的な目標の一つが、リチャードの支えになることなんです。そう考えると、まあ、インターンもそんなに悪くはないかなと」

「自分より明らかに有能な人間の『支え』になろうという発想は、一体どこから湧いてくるんですか？」

「支える分野によると思います。俺が言えたことじゃないのは百も承知ですけど、あいつってそんなに、完全無欠の完璧超人ですか？　香港ではあんまり、甘味大王の顔は見せなかったんですか」

「甘味大王……？　確かに彼は糖水《トンスイ》や豆腐花《ドウフホワ》やエッグタルトが好きで、よく水と一緒に食べていたのは記憶していますが」

そこでまた、ヴィンスさんの表情は曇った。あまり楽しい話題ではなかったらしい。嫌な思い出を振り払うように首をふって、ヴィンスさんは呟くように続けた。

「香港にいた頃、リチャードはいつも完璧でしたよ。そしていつも、何かが追いかけてくるのを不安がっていて、時々よくわからない理由で表情が険しくなって、私にはその理由を少しも説明してくれなかった。中田さんは人がよすぎる。それだけに心配です」

「お気遣い、どうもありがとうございます。でも俺は大丈夫です。むしろヴィンスさんのほうが心配です」

「本当にリチャードみたいなことを言う。どうしてですか」

「本当に心配なのは俺じゃなくてリチャードのことですよね。でも俺のことも気にかけてくれるから」

どこか上滑りしているように感じるが、彼が俺に言っていることは、リチャードと一緒にいると自己評価が下がるぞということではなく、自己評価が下がった結果リチャードを傷つけることになるぞということだろう。それはやめろと。そして彼が心配しているのは、俺の存在がリチャードの行動の自由を制限する可能性だ。とはいえ俺にはあの『師匠』がそんな陰謀を張り巡らせているとは思えないのだが、ヴィンスさんは真剣だ。

ついでにこの船で出会ったばかりの俺も、『後輩』として気にかけてくれているように感じる。

ジークンドーをやっているという彼は、にやりと不敵な笑みを浮かべた。

「驚くな。本当に宝石商向きかもしれませんね。観察力に優れていて、人の気持ちをきれいにすくいとり、おせっかいなくらい踏み込んでくる。心配ですよ」

「俺もヴィンスさんが心配です。ガラスのローテーブル、覚えてますか」

ヴィンスさんは怪訝《けげん》な顔をした。俺の言葉の意味を探しているらしい。

銀座の宝石店『エトランジェ』には特徴的な家具がいくつかあった。赤いソファ。観葉植物の植木鉢。そしてガラスのローテーブル。

あのテーブルは香港時代のものをそのまま使っていると、リチャードは話していた。

嫌な思い出のある店のものなら、わざわざそんなことはしないだろう。ヴィンスさんに鬱屈《うっくつ》があるとしても、リチャードはそんなふうには思っていないことは明白なのに、この人は何を躊躇《ためら》っているのだろう。

ヴィンスさんの瞳に鈍い光が走った。思い出したらしい。この船でのトラブルも一応は決着がついたわけだし、面倒くさいことはやめにしませんかと、俺が変な顔で笑ってみせると、ヴィンスさんは無言で懐に手を突っ込み、名刺入れからカードを一枚抜き出した。

思い出す。代々木《よよぎ》公園でリチャードと初めて出会った夜にも、こういうことがあった。ヴィンセント梁。メールアドレスだけが添えられたシンプルな名刺だ。

「何かあったら、いつでも連絡してください。リチャードには教えていない連絡先ですが、あなただったらいつでも構いませんよ。多分相談に乗れます」

「リチャードには教えないんですか。どうして……」

「連絡先を横流しするって言うなら、返してください。迷惑なので」

そんなことは言っていない。言っていないのだが。

この人が何を考えているのか、俺には今一つわからない。

リチャードのことを嫌ったほうが『安全』という言葉から感じるのは、もう傷つきたくないという彼の気持ちだ。でも一体彼はどう傷ついたというのだろう。年単位であいつと付き合ったというのなら、あいつが差し出してくるものが、あいつが求めるものに全然釣り合っていないことくらいはわかるだろう。リチャードの信頼と、この船で俺を助けてくれた様子からして、そんなに浅い付き合いをしていたとも思えない。

この人は本当は何が言いたいのだろう。この人は俺に何を隠している。

ヴィンスさんは俺の訝る瞳を総スルーして、ぽんぽんと肩を叩き、無言でデッキを去っていった。走る子どもたちの間を縫ってゆく途中、淡いグレーのスーツの男とすれ違ったが、ヴィンスさんは無反応だった。

リチャードは数秒、無言で彼の後ろ姿を見送ってから、俺に近づいてきた。

「どうしたんだ」

「話が、長い」

切れ切れの声が、俺には「心配していた」と聞こえた。俺とヴィンスさん、両方を。こいつはそういう人間だ。

場所を詰めて、さっきまでヴィンスさんが立っていた位置に俺が立つと、リチャードは俺の隣で海を眺め始めた。どんな話をしていたのか、詳しく説明する必要はないだろう。ヴィンスさんは相談しなかったと言ったが、リチャードほど人情の機微に聡《さと》い人間が、自分に近しい相手が去った理由を察知できなかったとも思えない。

「あのさ、今まで質問しなかったけど、香港から日本に移ってきた理由って、聞いてもいいのかな」

「師匠も私も日本という国には思い入れがありました。そして店舗の拡大計画は、彼の長年の野望でもあった。加えて、大した理由でもありませんが、香港はイギリス人にも非常に人気の観光地です。少しずつ居心地が悪くなってきたという事情もありました」

確かに、その時にはまだクレアモント家の件も片づいてはいなかったはずだ。俺は肩をすくめた。それが移ってきた理由だというなら、その話はいい。今尋ねるべきは、しがらみのことではなくヴィンスさんのことである。

「なあ、ヴィンスさんってどんな人だったんだ？　俺の先輩だよな。ロールセデルになってくれるかなと思ってさ。やっぱりロイヤルミルクティーをいれてもらってたのか？」

「いえ、そういったことはありませんでした。彼はむしろ、専門的な知見をもって、私のアドバイザーたることを喜んでいたように思います。もともとの家業が宝石店でしたので、始めのうちは彼の地縁にも随分助けられました。ただ、いろいろなことがありまして、今は少々、疎遠ですが」

「ああ、さっき聞いたよ。家族が病気になって長い間働けなかったとか……」

「そうですね。彼が結婚したこともあるかとは思いますが」

結婚。目が丸くなる。おしゃれの好きなお兄さんというイメージだったのに、既婚者というのは少し意外だ。香港ではそう珍しくもないのだろうか。そんなことはないと思う。驚いている俺に、リチャードはスマホを開いて、随分長い間操作したあと、これと写真を見せてくれた。華やかな雰囲気だ。結婚式の写真らしい。

覗き込んだ瞬間、俺の唇は壮絶な真一文字を描いた。

「学生結婚でした。奥さまは年下の可愛《かわい》らしい方ですよ。子どもはいないようですが……正義？　どうしました。何ですその顔は」

「なあっ！　これ、これは……っ！　本当にヴィンスさんなのかっ」

リチャードは訝しげに眉を寄せたが、何かに気づいたように、ああと声をあげた。

「確かに今の彼とは、多少、体形に相違がありますね」

多少。リチャードらしくもない誤用だ。これは『多少』ではない。明らかに違う。

リチャードの端末には、直立で並ぶ新郎新婦の姿が映っていた。赤いドレスに身を包んだ、小柄でぷっくりした頰《ほお》の可愛い新婦と、彼女に負けず劣らずぷくぷくした頰を持つ、眼鏡をかけた好青年の新郎。小さな瞳が皺《しわ》の中に埋もれていて、ズボンを内側からみっしりと肉が圧迫している。縦アングルの写真で、背景はきれいな夜景のようだが、ほとんど二人で隠れてしまって見えない。この写真に写っている男性は誰だ。彼の体重は、俺の知っているヴィンセント梁さんという人間、下手をすると二人分以上あるのではないだろうか。これが？　顔立ちの似た親族などではなく？　本人？

でも、確かに髪の毛は茶髪のツーブロックで、切れ長の目だ。

「……これ、いつの写真だ？」

「三年ほど前になります。この写真が、彼から受け取った最後の連絡でした。一カ月後、私は代々木公園で酔っ払いにビールをかけられました」

ということは、俺がリチャードに出会ってから、今日という日に至るまでの間に、ヴィンスさんはこの写真の状態からKポップのスターみたいなすらりとした姿に生まれ変わったことになる。よほどつらいことがあったのでしょうかと、リチャードは大真面目に言うが、そういうレベルの変化ではないと思う。彼はきっと、努力したのだ。すごく努力したのだ。一念発起して痩《や》せようと思ったのだ。そして完遂《かんすい》した。非常に高いレベルで。

「香港にいた頃、ヴィンスさんと一緒に、エッグタルトとかよく食べたのか」

「彼がそう言ったのですか？　いいえ、彼とはあまり……何度も誘いはしたのですが」

「……前から思ってはいたけど、お前ってあんまり、食べても太らない体質だよな」

「そのようです。何度も言いますが、健康には気を使っていますよ」

それはわかっている。しかし、うーむ。

資生堂パーラーで爆買いならぬ爆食いをするリチャードを目《ま》の当たりにしたお客さん、特に女性客の反応は、大体二つに分けることができた。まあきれいなお兄さん、会えてラッキーという感動タイプ。もう一つは、どうしてあんなに食べているのにスリムなの、信じられない、という不条理を呪《のろ》うタイプ。どちらの気持ちもよくわかる。

人間には相性というものがある。多分それは先天的なものではなくて、何を大切にするか、何が許せないかという、ものの考え方と密接に繋がっていると思う。勝手な想像ではあるが、リチャードとヴィンスさんの場合は、『頑張ればできること』と『特に気にしなくてもできること』のバランスが、あまりよくなかったのかもしれない。それにしても、程度はあると思うのだが。

リチャードは海ではなく、豪華客船のデッキから下を眺め下ろし、物憂《ものう》げに呟いた。

「元気そうでしたか」

「え？」

「この船で彼と過ごした時間は、私よりあなたのほうが長い。元気そうでしたか」

すごく元気そうだったし、親切な人でたくさん助けてもらった、と俺が告げると、リチャードは嬉しそうに微笑んだ。そうでしょう、そうでしょうと言うように頷く顔は本当に嬉しそうで、俺は眉間《みけん》に皺を寄せないように苦労してしまった。

「彼はとても真面目な人です。今の彼が、私とあまり付き合いたがっていないことはわかっていますが、あの折り目正しさはちっとも変わっていない。中途半端なことが嫌いなのでしょうね。今はアメリカの親戚のところに身を寄せて、新しい分野の勉強をしていると聞きましたが、奇妙な縁もあったものです」

「…………」

俺が何も言えずにいると、美貌の男はふっと笑って首をかしげた。

「確かに、外見的な部分には変化があったかもしれませんし、環境も激変したでしょう。ですがそれは彼の決意に基づくもので、まだ数年の変化です。私には彼が少しも変わっていないように思われます。この船で久々に会った時には、『自分は昔とはもう違う』とも言われましたが、人はそう簡単には変わらないものですし、私はそれを嬉しく思います」

「……うん、そうだな」

リチャードの言う通りだと思う。もし、そっけなくされたとしても、香港でリチャードをサポートしていた頃のヴィンスさんが、俺を助けてくれたヴィンスさんのように、時々きついことを言っても根は優しくて、クールに見えても親切な人だったとするのなら、二人の間には温かい関係があったのだろう。

それにしても少しくらいは、変わったな、すごいな、あるいは頑張ったなと言ってあげるべきだったのではないかとは思うが。いやしかし、生きた宝石のような美貌に生まれ、苦しめられてきた男にとって、誰かの外見上の変化をあげつらうということは、想像以上の苦痛を伴《ともな》う行為なのかもしれない。おいそれと触れてはいけないし、最大限尊重しなければならない。もし俺がヴィンスさんの立場だったら、これだけ自分の容貌を変えたのに、「変わりませんね」と言われるのは、ちょっと複雑かもしれないが。

まあそういうこともあるよなと、渋い顔のまま俺が無言で頷くと、リチャードも少しふざけた調子で、無言で小刻みに頷いた。二人で噴き出すと、少し肩の力が抜けた気がした。

「食事はもういいのか」

「必要なだけいただきました。あなたは？」

「十分。しかしうまい蟹だったなあ。蟹の亡霊に祟《たた》られる夢を見ても後悔しないよ」

ではとリチャードは微笑んだ。

「今後のご予定は？」

「ないよ。跪《ひざまず》いて土下座して反省しろって言われたらするけどさ」

「遠慮しておきます。それよりあなたの部屋にお邪魔したいのですが、構いませんか」

「全然構わないけど、どうしてだ」

リチャードはにっこりと微笑んだ。何か黒いものがはみだしかけている。カジノでの様子よりずっとリラックスして見えるが、その分今までセーブしていた何かが溢れかけているようだ。

「備品です」

「お、おう」

「以前、部屋を変えてもらった際、私の部屋にはない、大変有用なものがあると教えていただいた記憶がありますので」

備品？　有用なもの？　一泊しただけの部屋なのでぴんとこなかったが、三秒後、俺の頭はそれらしきものを思い出した。確かに。こういう状況に、あれはぴったりだろう。

久々に入る俺の客室には、フィットネスが好きな人御用達《ごようたし》のランニングマンーンが設えられていた。そしてその隣に巨大なサンドバッグ。本当にこんなものを使う人がいるのかと疑ったが、今のリチャードを見ればわかる。いるのだ。それもかなり実用的な理由で。

美貌の男は通常比三割増しくらい荒っぽく上着を脱ぎ捨て、腕まくりをすると、サンドバッグに正対し、強烈なワンツーを叩き込んだ。人間には時々、急にボクシングの練習をしたくなるような瞬間があって、リチャードの場合は今がその時なのだろう。おつかれさまなどという言葉は軽すぎる。そもそも全ての元凶は俺だ。何も言えない。

お手本のようなスパーリングを披露したあと、リチャードは清々しい顔で部屋を出て行った。乱れた髪を直しながら部屋を出てゆく時、ちょうど廊下を通りかかるところだった、シャンパンのボトルを運ぶスタッフさんは、何か信じられないハプニングにでも出くわしたような顔で、五歩くらいバックステップを踏んでいた。気持ちはわかる。強《し》いてタイトルをつけるなら、『荒ぶる美貌』あたりだろう。シャンパンの無事を祈る。

「…………………」

振り返ると、サンドバッグはまだ揺れていた。

俺は念入りに準備運動をしてから、同じサンドバッグの前で、回し蹴《げ》りの練習をすることにした。下段、下段、中段と叩きこんだあと、死角からの上段回し蹴りを叩きこむ。サンドバッグがぶらぶらと揺れた。これでいい。サンドバッグを蹴ろう。そのほうが社会規範を破るより、俺の大切な人を、悲しませずに済む。

まだすっきりというにはほど遠い心情だが、気分は切り替えられたと思う。

航海はつつがなく進み、俺はほとんどの時間をリチャードとの食事や会話、残りは船内のジム設備でのトレーニングに費やした。考えてもみなかったことだが、どうやら最近運動不足だったらしい。頭が冴えてくるのを感じる。くさくさしていた理由は話し相手がいなかったことだけではなかったようだ。

レストランで別れて以来、船がフォートローダーデールに戻るまで、ヴィンスさんと再び顔を合わせる機会はなかった。

短い船旅を終え、もしかしたら手錠をかけられて降りる羽目になるかもしれないと思っていた船を降りる際、にこにこ顔の小柄なおじいさんが、再び俺たちの前に姿を現した。俺の顔は瞬時に笑みを浮かべる。今後こういうことが何度あるのだろうと考える。アメン氏はリチャードを深く抱擁しようとし、避けられ、強引に体を寄せていった俺を仕方なさそうにハグした。その昔、カーネル・サンダースを道頓堀に突き落とした阪神《はんしん》ファンがいたという、動画サイトか何かで見た懐かしいニュースのことを俺は再び思い出したが、それ以上のことは考えなかった。考えなかったと思う。

「しばらくはごたごたしているかもしれないが、ガルガンチュワの新たな第一歩を楽しみにしていてくれたまえ、リッキー。それから夏には是非《ぜひ》私のヴィラに遊びに来たまえ。浴びるほどのシャンパンを準備して待っているよ」

「夏には別の予定がございます。お元気で」

最後までにこにこしながら船を降りた俺は、リチャードの視線を受け止めた。

「顔が、怖い」

「ちゃんと笑ってるぞ」

「あなたの作り笑顔は、あまり好きではありません」

「なら、次までにもっとちゃんとした笑顔の作り方を研究しておくよ」

「そのようなことに励《はげ》むより、無謀な冒険に鼻を突っ込まない自制心を鍛えなさい」

「わかってる。ここ何年かかなり努力してるから、経過を見守ってくれ」

「努力は認めます。問題はそれが実を結ぶかということです」

俺が目玉をぐるりと回すと、リチャードは控え目に眉を持ち上げた。革靴が長いスロープを下りてゆく。本当に、この監獄《かんごく》のような船から無事脱出できただけで、俺の胸がどれだけ軽くなったかわからない。客船に罪がないのは百も承知だが、こんなにおぞましいクルーズは二度とごめんだ。

「飛行機は？」

「まだ三時間ある。そっちは……？」

「ダラスに以前からお世話になっているお客さまがお住まいです。久しぶりにお邪魔する段取りになっていますので」

あなたとはここまでですねとリチャードは笑った。荷物を持って港に降り立つ姿は、遠くからでも目立っているようで、美貌の男はさっと胸にさしたサングラスを装着した。

またしばらく会えなくなるのだろう。

「またそのうちどこかで、ばったり会えるかな」

「ばったりではなくても、会えます」

それはそうだろう。でも日本とスリランカは遠い。俺の仕事は今のところ、ほとんど学生時代の延長か、より暇かという感じだが、リチャードはあちこちを動き回っている。

本当に会えるのだろうかと、俺が覚えたての作り笑顔を浮かべると、リチャードは鼻を鳴らして笑い飛ばした。

「奇妙な表情の作り方を磨くより、一つでも多く石を見なさい。美しい石だけをたくさん。シャウルもきっとそう言ったことでしょう。それがあなたの財産になります」

「……はい、そうします」

「よろしい。では」

失礼と軽く会釈して、リチャードはさっさとタクシーを拾うと、一度も振り向かずに去っていった。まるで来週の土日は銀座で会えるとでも言わんばかりだ。でもきっと、そういう気持ちでいろということなのだろう。同じ地球の上にいるのだから。

リチャードと別れてすぐ、俺は船にいる間にも一度連絡していたヴィンスさんのアドレスに二度目のメールを投げたが、やはり返事はなかった。ジェフリーもまだ忙しいらしい。気になることはできるだけ早く解消したいのだが、相手の都合はどうしようもない。気長に待とう。

アメリカの老舗《しにせ》宝飾品企業ガルガンチュワの、大型ファッション・コングロマリットによる吸収が一時とりやめになったというニュースを俺が耳にしたのは、豪華客船での出来事から程なくしてのことだった。理事による常習的なセクハラとそのもみ消しが組織ぐるみで行われていたことが明らかになり、過去に被害を受けた女性たちが集団で裁判を起こしたのだ。裁判に決着がつき、新たな『買取価格』が確定するまで、買収は見送りになったらしい。不合理な理由で副社長が干されたあたりから、業界の人は薄々感づいていた案件だともいう。会社側は初めのうち、金で決着をつけようとしたそうだが、怒りが収まらない被害者をイギリスからやってきた腕利きの弁護士がサポートしているとかで、追及が強烈な盛り上がりを見せている。うちの弁護士は強いですからというどこかの誰かの幻聴が、俺の耳をちらりとかすめた。パソコンのディスプレイには、主犯とされるアメン氏の顔と、その片棒を担《かつ》がされていたという社員の姿が映し出されていた。クルーガーという彼の名前を、俺はなかなか思い出すことができなかった。四十代くらいだろうか。副社長が最後に理事に告げた言葉を思い出す。彼もそれほど歳《とし》を取っているようには見えない。

俺としてはセクハラの相手が女性だろうが男性だろうが、そういうことをするやつは一律しっかり取り締まられる社会の到来を待望している。人権侵害もいいところだ。リチャードが俺に言ってくれた『自分に優しくできない人間は他の誰にも優しくできない』理論に基づいて考えるなら、誰かに優しい社会は、他の誰かにも優しい社会だろう。社風一新のため手始めにガルガンチュワは外部機関によるセクハラ問題の検証を始めるらしい。次の百年を生き残るための目の覚めるような復活劇が期待されているというコメンテーターの言葉を適当に聞きながら、俺はスリランカでココナッツをすりおろし続けた。

エピローグ

四月二十四日
　こんにちは、イギーです。久しぶりのブログの更新になります。しばらくの間遠くに出かけていたのですが、その間にいろいろあって、気持ちに変化がありました。以前よりポジティブになれた気がします。
　ブログを始めた時の記事を読み返したら、全然面白くなかったので、検索すれば出てくるような情報ではなくて、俺がスリランカでどんなことをしたか、何を感じたかというようなことを、わいわい綴《つづ》っていけたらと思います。英語はそれほどうまくないと思いますが、まあ読めると思うので！　改めまして、よろしくお願いします。

四月二十五日
　慣れない外国で勉強ばかりしていると気分が落ちます。なので今日は好きなことをすることにしました。実は俺はけっこう料理が好きなので、いつもレトルトを買っていたスーパーで、好きな食材を買うことにしました。画像を添付します。

じゃーん！　スリランカのスーパーに、こんなに充実した製菓材料コーナーがあるとは思いませんでした。でもよく考えてみると、この国の名産品は紅茶なわけで、紅茶にはおいしいお菓子がつきもの。必然かもしれません。

俺が買ってきたのは粉糖《ふんとう》とシロップだけですが、他にもチョコレートソースやケーキのもと、ゼリーのもと、プディングのもとなどなど、何でもござれという感じでした。でも一番多いのは食紅かな。やたらと充実している理由をお店の人に尋《たず》ねたところ、宗教のお祭りでよく使うからというお返事をもらいました。なるほど！

スーパーの脇にあった小さなお店で、ランチセットのような価格のカレーをオーダーしたら、百ルピー（俺の国の通貨単位とレートがあまり変わらないので、とても計算が楽です）でたらふく食べることができました。スパイスとうがらしがきいていて、ちょっと辛いですが、あの店にまた行きたいと思います。まだちょっと口がひりひりするけど……。

四月二十六日

ワタラッパン！

前にブログで絶叫した謎の言葉は、実は食べ物の名前でした。

キットゥルと呼ばれる、孔雀椰子《くじゃくやし》の蜜《みつ》を使って作る、ココナッツ入りの柔らかいお菓子で、結婚式などお祝いの席で食べることが多いと、ハウスキーパーさんから聞きました。スーパーで売っていた既製品を食べていたら、「手作りのほうがその何百倍もおいしい」と言われ、レシピを教えてくれました。ありがとう！　さすがにお祝いの料理だけあって、レシピの一行目が『卵　二十五個』から始まったので、スケールダウンして試してみようと思います。

四月二十七日
今日の午後はひたすらココナッツをすりおろしています。

これをカレーと一緒に食べると、とてもおいしい。

何故《なぜ》俺は今まで冷凍食品やレトルトなんか食べていたんだろう。

定食屋のリピーターになり、オーナーのおじさんと仲良くなったら、おいしいカレーの作り方と、近くの市場を教えてもらいました。とてもレトロな雰囲気で、袋詰めの野菜やスパイスを売っています。加工食品はスーパーで買うほうがいいけれど、生ものや土着のものは市場のほうが絶対にいいよと教わりました。ありがたや！　そんなわけで今日はおじさんと一緒に市場に行って、ココナッツを購入しました。

スリランカのココナッツは、タイなどでとれるものより一回り小さく、色も黄緑ではなくオレンジ色です。キング・ココナッツという名前で呼ばれていて、俺の国ではあまり見かけません。椰子の木自体が生えていないせいもあると思うけれど……。

中にはたっぷりと透明なジュースが入っていて、殻の内側についている白い胚乳もぱっちり食べられます。直接食べるのもいいのですが、内側を丁寧《ていねい》に削って、サンバルとよばれるカレーの付け合わせにするのもいいよと、おじさんが教えてくれました。もちろん製菓材料にも使えます。

庭でココナッツを削っていると、近所の人が前を通る時、自然に挨拶《あいさつ》ができて楽しいです。

今までは誰か話しかけてくれたらいいのになあなんて虫のいいことを考えていましたが、よく考えたら外国人にいきなり話しかけるなんて大変なことだろうから、しばらくはとても社交的な男・イギーとして暮らしてゆこうと思います。

四月二十九日

ワタラッパンへの道。

なかなか難しい。こしきが必要だ。ナツメグと塩。コツは弱火。

最近宝石のことを全然書いていませんが、勉強は順調です。ただ料理も順調なだけで、さぼってるわけじゃないですよ！

五月一日
ワタラッパンへの道その二。

原理はわかってるんだけどなあ。

気泡だらけになってしまったのですが、近所に住んでいる男女の兄妹《きょうだい》におすそ分けしたら、ものすごく喜ばれて、彼らのお母さんが、ビリヤニという米料理を分けてくれました。

炒飯《フライド・ライス》みたいなものですか？　と尋ねたら、フライじゃなくて蒸したご飯よと教えてくれました。さっぱりしていておいしいです。これも作れたらいいなあ。

五月二日
ワタラッパンへの道その三。
母国にいた頃は、よく似たお菓子が俺の十八番だったので、目を閉じていてもできるくらいの気持ちでいたのに、鍋や砂糖や味付けが変わるだけで、作りにくくなるなあ。でもちゃくちゃくと正解に近づいている確信があります。今に見てろよ！

不思議なことに料理をする日のほうが、勉強がはかどります。

人間の集中力は不思議ですね。


五月のスリランカは雨がちだが、晴れの日の太陽は、日本の八月に匹敵する。かんかん照りでも何故かみんな帽子をかぶらないのが不思議だ。

激動のフロリダ沖から帰国して以来、俺は開き直ったように趣味の時間をとるようになった。どうせ一日の集中力なんてたかが知れているのだ。だったらメリハリをつけて思いきり楽しんでしまったほうがいい。最初は自分を甘やかすつもりでそんなふうに考えていたのだが、実際に試してみると、これが思いのほか功を奏して、知り合いもできるし食事はおいしいしといいことばかりだった。金庫の中にいつも宝石が入っている家に暮らしている手前、近所の人を招くのはＮＧだとシャウルさんに言われていたが、俺がお呼ばれする分には問題ない。近いうちに家庭料理をごちそうになる予定である。楽しみだ。

さて。

俺は家の裏手のキッチンスペースで腕組みをしていた。この家には炊事のための空間が二つあり、一つはリビングダイニングの隣の部屋にある通常のキッチン、もう一つは家の外にある小屋だ。三メートルかける二メートルくらいの床面積で、竈《かまど》が三つ、百年くらい使い込まれていそうな黒鍋と素焼きの器《うつわ》が山ほど、ココナッツの器が三つという「ここはスリランカです」と全力で主張してくるキッチンだ。屋根は椰子の葉、電気はなし。ちなみにその裏に風呂場があり、周囲にはバナナやマンゴーやパパイヤの木が生えている。あたりは森で、たまに人が入っている気配はあるが、今のところ不法侵入者が現れたことはない。あたりの家も中心部に比べるとみんなきれいだし、このあたりは治安のよい地域のようだ。

黒鍋の中で、銀色のボウルが湯煎《ゆせん》されている。湯気がしゅんしゅん上がってくるが、この小屋に換気扇《かんきせん》はないため、扉を全開にしておくしかない。あたり一面甘い匂いが漂って、お菓子屋さんでも営《いとな》んでいるような気分になってくる。売り物は一つしかないのだが。

ワタラッパン。

英語のレシピサイトでは、スリランカ・プディングと紹介されているスイーツだ。

イギリスの植民地支配時代に紹介された『プディング』が、南国の食文化と融合し、砂糖のかわりに孔雀椰子のシロップを、カラメルソースのかわりにナツメグと少しの塩を用いる、異国情緒あふれるものへと変化したそうだ。味といい舌ざわりといい、本当に俺のよく知っているプリンなのだが、さわやかな甘味が独特で、ボウルでつくってスプーンですくいとり、クランブルみたいな状態になったものをみんなで食べるという品物らしい。そしてうまい。文句なしにうまい。成功すればの話だが。

三度目の正直という言葉がある。今回こそはすが立ってぼこぼこになっていないワタラッパンを生み出したい。ハウスキーパーさん曰《いわ》く、ぼこぼこになっている姿もまた、あるべきスリランカ・プディングの形で、全然失敗ではないのだそうだが、個人的にはプリンはつるっとしているべきなので、できればここにはこだわりたい。

スマホのタイマーをセットして、湯煎を見張りながらココナッツのすりおろしを始めると、珍しいことに電話がかかってきた。シャウルさんだろうか。今はまだ忙しいらしいが、近いうちに石の採掘現場に連れていってくれるそうで、見る目を磨いておけというお達しが出たばかりだ。俺は画面を確認せずに『応答』ボタンを押した。

「もしもし」

『もしもし、私です。今、お時間はありますか』

おっと。

俺は発信者の名前を確認すると、スピーカーフォンに切り替えた。竈の上に設《しつら》えられた、やや低めの鍋置き場のようなスペースに立てかけると、ちょうどよく声が届く。昔ここを使っていた人は、俺より背が低かったのだろう。

リチャードという名前が端末に表示されている。見ているだけで癒《い》やされる名前だ。

「電話ありがとう。時間はあるよ。十分もしたら、ちょっとばたつくと思うけど」

『来客の予定が？』

そうではなくて料理の支度だと言うと、なるほどとリチャードは頷《うなず》いた。何かニュースでもあるのだろうか。

「ジェフリーさんから、何か連絡は？　俺のほうには何もなくて」

『メールをやりとりしています。この件に関しては口頭でやりとりをするより、あなたにも書面で連絡をすべきだと判断していますので、追って連絡いたします。構いませんか』

「何でもいいけど、あんまり気にしないでくださいって言っておいてほしいよ。ジェフリーさんのせいじゃないんだろ」

『彼のせいです。情報を抜き取ったのは元秘書だそうですが、もともとは彼の人選と情報管理上のミスです。仕事ではなくオフの部分だったからなどという言い訳も許しがたい』

きっぱりとした声に、俺は笑ってしまいそうになった。

俺のところに『ヘルプ・リチャード』メールを寄こした人物は、まだ明らかになっていない。

パスポート番号の流出は、ジェフリーの秘書が原因だったという。誰かに袖《そで》の下でも渡されたのだろうか。仕事ではなくオフの時間の管理を任せていた相手だったというだけあって、相当こたえたらしい。然《しか》るべき処置をとったと言っているが、情報が誰の手に渡ったのかは、未《いま》だ闇《やみ》の中だ。あるいはまだ、教えてもらえていないだけかもしれないけれど。

東京で辟易《へきえき》していたストーカーではない。あいつにはこんな情報収集能力や計画性といったものはない。何かもっと別のものだ。

「わかった。じゃあ続報を待つよ。連絡ありがとう」

『最近の生活はいかがです。船で会った時には、気が滅入っているようにも見えましたが』

「かなり快調だよ。シャウルさんはまだ忙しそうだけど、こっちはこっちで楽しいことがいろいろあってさ。近所の人とも仲良くなれたし」

『では、特に困ったことはないと？』

ないと俺は断言した。

メキシコ・オパールとオーストラリア・オパールの違いがまだよくわからないとか、レッド・トルマリンとガーネットをどう見分ければいいのかとか、カッティングのよしあしが完全にフィーリングでしか判断できないとか、細かい悩みはいくらでもあるが、これは俺の頭と俺の目玉が乗り越えなければならない課題で、隣の席の誰かにテストを解いてもらっても意味がないように、誰かにすぐ解決してもらえるものではない。

鍋の中のボウルがカタカタ言い始めた。そろそろいい塩梅《あんばい》かもしれない。俺は鳴り始める前にタイマーを止め、鍋を火からおろすと、銀色のボウルを湯からそっと持ちあげた。中を確認する。拍手したい気分になったが我慢する。火を通しすぎた茶碗蒸しのような空気の粒は見えない。俺の知っているプリンだ。ボウル一つがまるごとプリンという、日本基準で考えるとかなり巨大な。

『正義?』

「ああっ、何でもないよ。いや……何でもあるかな」

『気を持たせますね』

「実はさ」

面白いレシピを教わったのだと、俺は期待に応《こた》えて気を持たせつつ語った。日本の時間はスリランカより三時間半はやい。もし今銀座《ぎんざ》にいるのなら、午後のブレイクのひと時かもしれない。あいつは自分でロイヤルミルクティーをいれているのだろうか。

もしかしたらスリランカに滞在している間に食べたことがあるかもしれないが、もしないのだとしたら絶対に気に入る品だと思う、と俺が告げると、返事はため息だった。

『余暇の時間を楽しんでいるのでは？　あなたは一体何をやっているのか』

「だから料理だよ。大学の頃に自炊《じすい》をしたのは、節約と必要に迫られてって感じだったけど、今考えると半分は趣味だったんだな。楽しいんだ、これが」

『気分が落ち込んだ時に、知らない文法書を読むと気が晴れるのと同じでしょうか』

「そんなことしてるのか？　文法って楽しいか？」

『とても。言語の構造分析は、推理小説以上の娯楽です。人間の思考の源流を追うような行為かと』

さすが多言語を習得している人間は言うことが違う、と思ったところで、そういえば俺も最近は英語ばかり使っていることを思い出した。一応俺も多言語で喋《しゃべ》っている人間ということになるのだろうか。日本語で喋る時と英語で喋る時で、自分の考え方が微妙に違うことにも気づき始めた。

『正義？　どうかしましたか』

ああいやと言いよどんだあと、俺は今自分が何を言いたがっているのかに気づき、思わず笑ってしまった。

『どうしました』

「変なこと言うけどさ、作ってる間お前のこと思い出してたから、何だか……あー」

『正義？』

「……英語で言ったほうが大分ましかもしれない……」

最近、俺の中で徐々に、英語が『借り物の言葉』ではなくなりつつあるのを感じる。英語で考えろという課題を、達成しつつあるからだろう。これは日本語で言いたいなという言葉と、これは英語のほうが言いやすいという言葉が出てきて、どちらも中田《なかた》語になりつつあるのだ。たとえばこういうことは英語で言いたい。

ここにお前がいてくれたらいいのにな。

俺の作ったものを食べてくれたらいいのにな。

口に合うかどうかわからないけれど、食べてくれたらいいのにな。

またどうしようもないことを言ってると、呆《あき》れて叱ってくれたらいいのにと。

最近リチャード風の発音から、スリランカ訛《なま》りのイントネーションになりつつある英語で、俺が軽く告げると、リチャードは沈黙で応じた。

「……リチャード、まだ時間、大丈夫なのか。忙しいんじゃないのか」

『昨日までは目の回るような忙しさでした。予定をいろいろと詰め替えましたので。ですが今は落ち着いています』

「また出張か？」

『そろそろ十分経ちますよ。お忙しくなる頃合いでは？』

「そうだった！」

俺はワタラッパンのボウルから、ガーゼの覆いをとって、中身を大きなスプーンですくった。すごい光景だ。カラメルソースこそないし、色合いは黄色ではなく、孔雀椰子のシロップを薄めたような茶色だが、これはプリンだ。巨大プリンだ。すくってもすくってもプリンである。食べ放題だ。近所におすそ分けをするにしてもかなりの量である。ひしゃくで水を移し替えるような気分で、素焼きの茶色い壺《つぼ》に移動させ、スプーンについた塊《かたまり》を最後に口に含んだ。うまい。この控え目な甘さがとてもいい。俺のよく知っている誰かも、きっと好きだと思う。どこか遠くから鳥の歌声が聴こえる。

「今、裏手のキッチンにいるんだけどさ、この世の楽園みたいな風景が広がってるぞ」

『極彩色の鳥が歌い、七色の宝石が輝き、食べても食べても減らない食べ物や飲み物が広がっていると？』

「……確かに、ここはそんな感じだな」

もちろん浮世離れしたことを感じるのは、俺がまだこの国に馴染んでおらず、この家がほとんど外の世界からは隔絶されていて、開き直ったように好きなことばかりしているせいだと、わかってはいる。そのうちまた気合を入れ直さなければならない。でも。

今はとてもいい気分だ。

スピーカーフォンにしていたスマホを再び取り上げ、いつもの状態に戻すと、リチャードの声ではない音が聞こえてきた。電話は切れていないし混線しているわけでもなさそうだ。切り忘れ？

「リチャード？　大丈夫か？　今何してるんだ？」

『日光浴をしています。ところであなたは何の調理を？』

「聞いて驚けよ、今まで作ったこともないくらい大量のプリンを作ってたんだよ。スリランカ流だからお前の口に合うかどうかわからないけど、俺基準だと相当うまいぞこれ」

『期待が持てますね。ところで、あまり怒ったり驚いたりせずに聞いていただきたいことがあるのですが、構いませんか』

怒ったり驚いたり？　俺がリチャードに？　何だろう。

「怒らないと思うけど……何だ？」

『大したことではないのですが』

「いよいよ血糖値か、内臓脂肪《しぼう》がヤバいとか？」

『違う。あなたは私を何だと思っているのか』

「単純に心配なだけだって。鬱陶《うっとう》しかったらごめん。健康問題じゃないんだな」

『もちろん違いますよ。私はいつでも健康です』

「そう祈ってるよ。じゃあ何なんだ」

「顔を上げて、外を見るように」

外ってどこだろうと、迷う必要はなかった。

声の出所が、スマホではなく、すぐ傍《そば》だったからだ。

俺はキッチン小屋の小窓から外を見た。誰かがいる。壁にもたれて日光浴をしている。不審人物だ。いや不審人物にしては、造形に見覚えがありすぎる。白いパンツに開襟《かいきん》シャツ。客船のデッキでかけていたのと同じ、キャラメル色のサングラスを下げると、世界一美しい青い瞳が俺を見ていた。微笑《ほほえ》んでいる。

うわっと呻《うめ》いて俺が飛び退《すさ》ると、麗《うるわ》しい不審人物はやや慌て、キッチンに踏み込んできた。

「気をつけなさい。壺を落とさないように。くれぐれも気をつけて扱いなさい」

「壺なんかどうでもいいだろ！　何をやってるんだよ……！」

「どうでもよくない。そうですね、強《し》いて言うなら視察です」

確かにこれは視察だろうが、問題はそこではない。事前に連絡してほしかった。驚いたというレベルではない。どうしてまたこんなことを。どもりにどもりながら俺がそう言うと、リチャードは一瞬、とても、とてもとても楽しそうな顔をした。そこで俺も気づいた。ああ、これは。あの船で俺がしでかした。こいつと会った時の。

「お返し」

唇をほころばせた宝石商は、いたずらを咎《とが》める先生のような——いやむしろ、いたずらを仕掛けて得意げな子どものような顔をしていた。ぐうの音も出ない。

俺の手から素焼きの壺を奪い取ったリチャードは、庭に向かって歩いていった。

「ワタラッパンは温かいうちにいただくのもよいですね。では休憩にしましょう」

「……店は大丈夫なのか。シャウルさんは知ってるんだよな」

「無論です。シャウルといえば、彼と私との間の見解の相違についても説明しなければなりませんね。彼はあなたの自主性にあまりにも頼りすぎているようです。四日ほど私もこちらに逗留《とうりゅう》し、あなたの手助けをしようかと。今後もこういった時間を定期的に持てればと考えています。この国に滞在するのは久しぶりですが、まだいくらか土地勘はあります。あちこち案内できますよ」

「東京は……？」

「土日には戻ります。平日の訪問はシャウルに押しつけ、いえ、交渉の末に引き受けてもらうことになりました」

めまいがする。しかし思い出そう。エトランジェの営業形態はフレキシブルだった。リチャードがいきなり姿を消して俺が途方に暮れた時にも、シャウルさんはしっかりと借りてきた店主をつとめていた。何とかなっているのだろう。何とかなっていると思いたい。仮に何とかなっていなかったとしても、俺の今の気持ちは変わらないだろうから。

「めちゃめちゃ嬉しいけど無理するなよ！　めちゃめちゃ嬉しいけどな！」

「どういたしまして。お茶は私がいれましょう。他に何か、午後のひと時によさそうなものは？」

「駅で買ったサモサがあったかな。スパイシーだけどおいしいぞ。あとは、最近あった楽しいことなら、お茶請けがわりにいくらでも聞かせられるよ」

「グッフォーユー。何よりのデザートです。食べながら聞かせていただくことにしましょう」

そう言ってリチャードは、日差しの下で微笑んだ。

真昼の光で満たされた庭は、天国のように輝いている。ロイヤルミルクティーと一緒に、エスニックなプリンを食べ、楽しかったことを好きなだけ話す。打てば響くように応じてくれる相手と贅沢《ぜいたく》に時間を過ごす。

死ぬほどのことがなければ赴《おもむ》くことができない場所という意味で、天国が定義されているのなら、俺はここがいいと思った。こういうところがいい。


「で、多分ここに来てくれた本当の理由は、俺の受け取ったメールの件なんだよな」

「察しが早くて助かります」

ロイヤルミルクティーとスリランカ・プディングで、場違いに優雅な昼下がりを過ごした俺たちは、ようやく話すべきことに取りかかった。

「結論から申し上げます。まぎらわしいアカウントのメールであなたにクルーズのチケットを送ったのは、アメン氏ではありませんでした。過去の私と個人的な関わりのある人物の仕業であった可能性が高い」

「……それは、お前の家族の関係者ってことか?」

リチャードの親族といえば、従兄《いとこ》のジェフリー、ヘンリー、そして直接お会いしたことはないが彼ら二人の父親である現クレアモント伯爵あたりが浮かぶ。彼らはもう、リチャードに対しては、何のわだかまりもないはずだと、俺は思っていたのだが。

リチャードは無言で、花模様のティーカップから、銀座と同じ味のロイヤルミルクティーを一口飲んだ。そしてカップを置き、懐《ふところ》から端末を取り出した。

「ビデオレターをいただきましたので、よろしければ」

親指のフリックで無造作に画面を操作し、リチャードは動画を呼び出した。

女の子が映っていた。背景に物が何もない、灰色の壁紙の部屋に、人形のような少女が座っている。新商品の解説をする動画配信者のようなアングルだが、笑顔はない。

彼女は微笑み、挨拶した。

『リチャード先生、お久しぶりです。お元気ですか。私はとても元気です』

日本語だ。十四歳くらいの白人の女の子が、日本語を喋っている。ふんわりと結い上げたおだんごの頭は、何百年か昔の時代劇ドラマに出てきそうな優雅さで、チェーンのような三つ編みでくるみこまれている。クラシックなレースのブラウスも高価なものだろう。首元を彩る宝石は琥珀《こはく》だろうか。彼女の瞳と同じ色で、つやつやと蜂蜜《はちみつ》の塊のように輝いている。だが眼差《まなざ》しは、とても鋭い。

『先生が突然いなくなってしまってから、いろいろなことがあったとお聞きしています。婚約破棄のお話は、とても残念でしたね。私も悲しく思います』

彼女の声の調子はずっと変わらない。聞き取るのに不自由はない声だが、リチャードほど流暢《りゅうちょう》な日本語ではないからだ。機械音声が読み上げる言葉のようだ。だが滑舌《かつぜつ》にはよどみがない。はっきりとした、非人間的なほど聞き取りやすい声で、彼女は喋り続ける。

『でも私は知っています。一番悲しむべきなのは私ではないし、あなたは大切な人を苦しめたひどい人です。世の中はもっとフェアであるべきだと、先生はよく仰《おっしゃ》いましたね。だから私は決めました。あなただけ幸せになるなんて間違っています。リチャード・クレアモント、ジェフリー・クレアモント、ヘンリー・クレアモント、私はあなたたちを許さないし、私の他にもあなたたちを許さない人はたくさんいます。だからこれから私があなたたちにすることを、どうか不等な扱いだと思わないでください。とくにリチャード先生。あなたは然るべき報いを受けるだけなんですから』

目を見張るような言葉だが、動画は淡々と進んでゆく。女の子はふうと一服するように、少しだけ休憩を取ってから、ふんわりと微笑んだ。

『先生、どうぞお体にお気をつけてお過ごしください。それから中田さんにもよろしくお伝えください。あの人は本当に親切な方ですね。私にもあんなお友達がいたらいいのになって、ちょっとだけ思います。それでは』

俺は大きく深呼吸した。ここはスリランカで、開放的な庭で、俺たちの他に日本語を解する人間が近所にいるとも思えない。少しだけ椅子を引いて、リチャードと向き合ってから、俺は口を開いた。

「……先生って呼ばれてるけど、この子は昔の生徒？」

「まだ続きがあります。あなたにはここからが本番かと」

俺は慌てて端末に視線を戻す。女の子は何かを画面の外から持ってきて、胸の前に構えた。絵の額縁か？　違う。広げた手の平くらいの大きさのポータブル端末だ。電源が入ると、画面が映し出される。彼女の姿ではない。男のバストショットだ。

瘦身《そうしん》に茶髪のツーブロック。

『えー……というわけで……何と言ったらいいんですかね』

『ちゃんとやってください。打ち合わせしたでしょう』

『あー、うむ』

ヴィンスさんだ。警備員をしていた時よりもぱりっとした白いシャツを着て、どうでもよさそうな顔で頭をかいている。

『中田さんへ。あなたもこれを見ていますよね。連絡を無視してすみません。どうせこれを送りつけるんだから、その前に連絡しても無意味かと思いまして。悪いことは言いませんので、やっぱり日本に帰ったほうがいいと思います。このお嬢さんは自分が何をしているのか完全にわかっていますから』

『もう少しゆっくり話してください。早い日本語はわからないです』

『はい、ごめんね。中田さん、言いにくいことを言いますね』

そこからのヴィンスさんは、開き直ったように素早く言葉を紡《つむ》いでいった。

『ショーの最中、あなたのポケットにちょっとしたサプライズを放り込んだのは私です。一番お偉いじいさんではなく、保安室であなたと向かい合っていた社員からの依頼でした。まあ、元凶は同じでしょうがね。最終的に泥棒扱いされるのは私かもしれないのに、何故こんなことをしなければならないんだ、だがやらなければ仕事を失うかもしれないって、もう見ていられないくらい自分勝手な嘆き節だったもので、つい力を貸しましょうかと持ちかけてしまったんです。いや、すみませんでしたね』

こんなに気持ちのこもっていない謝罪を聞くのは初めてだ。思えばあのショーの最中、俺は誰かに足を踏まれた。気にも留めなかったが、確かに誰かにポケットに手を突っ込まれたとしたら、あの時以外ありえなかっただろう。

リチャードはずっと監視カメラを見ていたはずだ。

わかっていたのか。

俺がリチャードの顔を確認するより先に、画面の中のヴィンスさんの表情が変化する。今の彼が話しかけている相手は、もう俺ではないのだろう。

『リチャード。監視カメラのチェック、ごくろうさまだったな。あの保安室にお前と理事とあの社員が残った時点で、ことの顛末《てんまつ》は見えたようなものだ。お前が私をかばった理由は尋ねないよ。お前は相変わらずの善人で、寂しい男だ。あー……何かと面倒なことが増えるとは思うが、困った時にはエッグタルトのことでも考えてくれ。きっと気がまぎれる』

『だから早いです。ゆっくり喋ってください』

『書き起こしますよ。どうせ録画なんですから、あとでチェックすればいいでしょう』

『むうー』

美少女は顔を顰《しか》める。何なんだこれは。深刻に見るべき動画なのか。それともイースター・パーティの座興みたいなものだと思えばいいのか。答えを求めて、俺はリチャードのほうを見た。

美貌《びぼう》の横顔には、表情がなかった。

リチャードは能面のような顔で端末を見ている。

動画が終わると、リチャードは短くため息をつき、端末を懐にしまいこんだ。ロイヤルミルクティーとスリランカ・プディングの皿が、午後の日差しできらきら輝いているが、天国の雰囲気はどこへやらだ。

「一昨日、私の古いメールアドレスにこれが届きました。ほぼ同時にジェフリーにも、よく似た動画が届けられたそうです。そちらの内容について、詳しくはうかがいませんでしたが、彼の元秘書に感謝するという内容であったとか」

「元秘書って、俺のメールアドレスとパスポート番号を抜いたっていう」

「そのようです」

言葉がない。冗談にしては悪趣味すぎるし、何より元秘書は仕事を失ったはずだ。いたずら半分でできることではない。

この女の子は何を考えているんだ。そもそも彼女は誰だ。

鳥の声に耳を傾けるように、リチャードはしばらく黙り込んだあと、ゆっくりと口を開いた。

「彼女は私たちの生徒でした。彼女は非常に裕福な家庭で育てられた聡明《そうめい》な女性で、私たちと同じように、あなたの国の文化を愛していました。名前はオクタヴィア。私が彼女に会ったのは、ちょうど今のあなたと同じくらいの年齢だった頃で、彼女はまだ小さな子どもでした」

オクタヴィア。良家のお嬢さんの雰囲気が漂う。リチャードは俺と八つ違いなので、当時の彼女は本当に小さな子どもだったのだろう。しかしそれは一旦置く。気になることが他にある。

　私『たち』？

　俺が眉間《みけん》の皺《しわ》を崩さずにいると、リチャードは朧《おぼろ》な笑みを浮かべ、穏やかに付け加えた。

「彼女は私と、私の婚約者であったデボラ・シャヒンとの共通の生徒でした。若い友達と言うべきでしょうか。彼女は私たちの関係を心から祝福し、婚約を祝い、心のこもった贈り物や手紙をくださいましたが」

　リチャードはそこで言葉を打ち切った。それ以上どうやって言葉を続けたらいいのかわからないというような沈黙だった。俺も何と言ったらいいのかわからない。何か言葉をかけるべきとも思わない。

　しばらく沈黙を保ったあと、リチャードは短く息を吸い込み、微笑んだ。

「……どうやら私は、もうしばらくあなたにご迷惑をおかけするようです」

　笑ってしまいそうになった。ひどい顔をしているから何を言いだすのかと思えば、そんなことか。

「ほっとするよ。最近は俺がかけ通しだったもんな。研修にも気合が入るよ」

　俺は笑顔を作った。わざとではない。誰かに笑ってほしいと思って笑う時の顔は、いつぞやのような嫌な笑顔にはならないと、俺は信じている。

「ワタラッパン、まだいっぱいあるぞ。おかわりは？」

「ええ、よろしければ」

「そうだ、ビスケットのことを忘れてたよ。生姜《しょうが》のきいてる固焼きで、すごくうまいんだ。スリランカのブランドらしいんだけど知ってるか？　まあ食べてみろよ」

ビスケットを取りに戻ったキッチンで、俺はヴィンスさんに二度目のメールをした。

『動画を見ました』。これだけで通じるだろう。ものの数十秒で、返事が入った。

『日本に帰ったほうがいい』

わかりやすい文章だ。俺もわかりやすくお返事しよう。

『お断りします』

ヴィンスさんは物事を深く考えすぎるタイプだと聞いた。明るい気分になってもらいたかったので、末尾には山のように絵文字をつけて送った。『ふざけるな』という返信が入る。こっちの台詞《せりふ》だという言葉を殺しながら、俺はビスケットを皿に並べた。どこで何を深く考えたのか知ったことではないが、自分の過去の上司を恨んでいる女の子に、顎《あご》で使われるとはどういう了見だ。一体何を考えているんだ。

彼は警備員の仕事が、友達の友達の友達の友達くらいから回ってきたと言っていたがその『友達』の誰か一人は、俺の個人情報を知っているやつだったのかもしれない。

「お待たせ」

カップとおそろいの皿は、きっとシャウルさんのお気に入りだろう。この家にはガーデンパーティを開いても問題のなさそうな食器類が常備されている。二つあるキッチンといい、昔はもっと社交的な家だったのかもしれない。いつかそういうパーティを、この庭で開けたら楽しいだろうなと、最近ちらちら考えていた。リチャードのイギリスの家族や、俺の日本の友達、もちろん家族、それにもしかしたら今後増えるかもしれないスリランカや他の国の友達なんかも呼んで、わいわい楽しく。

いつか本当にできるだろうか。

二十三になろうとしている今、思うことは、三年という時間は小学生や中学生の頃に感じていた三年ほど、長い時間ではないということだ。あっという間に過ぎてゆく。しかしその三年でも、初対面の相手とこれほど親しくなれたのだから、もう三年経ったらどうなっているのか想像もつかない。もちろん何かのきっかけで激しい喧嘩《けんか》をして絶縁状態に陥《おちい》る可能性もあるだろうが、その逆もありうるだろう。できることなら俺はもっとこいつの支えになりたいのだ。

リチャードが宝石商を続けようが、実家に戻ってジェフリーのような金融業に転身しようが、あるいは日本文学か少数民族言語の文法研究に熱を上げて図書館にこもるようになろうが、変わらず。

　誰かが邪魔してくることもあるかもしれないが、航海には嵐はつきものだろう。やれるところまでやってやる。

　ロイヤルミルクティーのおかわりを所望する男は、白い顔に消耗《しょうもう》した影を隠していた。俺はできる限りの能天気な笑顔を浮かべてお茶を注ぎ、ついでのようにビスケットの皿を差し出した。オレンジ色のパッケージに入った、焦《こ》げ茶色のジンジャークッキーは、口に入れるとぴりりと辛いほど生姜がきいていて、一度食べると癖になる。

「お茶にひたして食べてもおいしいぞ。試してみないか」

「ストレートティーでしたらそれもよいでしょう。個人的には、ロイヤルミルクティーは、ロイヤルミルクティーのまま尊重して楽しむことを推奨いたします」

「言うと思った」

　だったらそんなことを言うなという目を受けて、俺は再び椅子に座り、のんびりとしたお茶会の雰囲気に戻った。緑の庭は美しく、空は晴れていて、青い翼《つばさ》の鳥が飛ぶ。

　今はこれでいい。この時間を大切にしたい。

　こういう時間を守るためなら、俺はいくらでも強くなれる。そう思いたい。大粒の宝石を守る、造形的だが強い金地金《きんじがね》のように。ハイ・エンドの美しさでなくても構わない。

守りたいものを守るのに必要な分だけの強さがあれば。
俺はそれでいい。

※この作品はフィクションです。実在の人物・団体・事件などにはいっさい関係ありません。

集英社オレンジ文庫をお買い上げいただき、ありがとうございます。
ご意見・ご感想をお待ちしております。

● あて先
〒101-8050　東京都千代田区一ツ橋2-5-10
集英社オレンジ文庫編集部 気付
辻村七子先生

宝石商リチャード氏の謎鑑定

紅宝石《ルビー》の女王と裏切りの海

集英社
オレンジ文庫

2018年 6 月26日　第1刷発行
2019年12月17日　第6刷発行

著　者　辻村七子
発行者　北畠輝幸
発行所　株式会社集英社
〒101-8050東京都千代田区一ツ橋2-5-10
電話【編集部】03-3230-6352
【読者係】03-3230-6080
【販売部】03-3230-6393（書店専用）
印刷所　図書印刷株式会社

※定価はカバーに表示してあります

ISBN 978-4-08-680198-0 C0193